T0245581

CONTEMPORÁNEA

Santiago Gamboa (Bogotá, 1965) estudió Literatura en la Universidad Javeriana de Bogotá y en la Universidad Complutense de Madrid, donde obtuvo el título de licenciado en Filología Hispánica. Entre 1990 y 1997 vivió en París, y cursó un doctorado sobre Literatura Cubana en la Universidad de la Sorbona. Su primera novela, *Páginas de vuelta* (1995), fue considerada por la crítica como el resurgimiento de la novela urbana colombiana. Desde entonces, no ha dejado de cosechar éxitos de venta y de crítica, entre los que se destacan *Perder es cuestión de método* (1997), *Los impostores* (2001), *El síndrome de Ulises* (2005), *Necrópolis* (2009), *Plegarias nocturnas* (2012), *Una casa en Bogotá* (2014), *Volver al oscuro valle* (2016), *Será larga la noche* (2019), *Colombian Psycho* (2021) y *Ciudad Presidio* (2023). Ha publicado tres libros de narraciones de viaje: *Octubre en Pekín* (2000), *Océanos de arena* (2013) y *Ciudades al final de la noche* (2017). En 2014 incursionó en el ensayo con *La guerra y la paz*, y en 2021 ganó el Premio de Periodismo Simón Bolívar por el pódcast *Crónicas de la noche roja*. Sus libros han sido traducidos a veinte idiomas.

Santiago Gamboa

Una casa en Bogotá

DEBOLS!LLO

Penguin
Random House
Grupo Editorial

Título: *Una casa en Bogotá*
Primera edición en Debolsillo: septiembre de 2024

© 2014, Santiago Gamboa
c/o Guillermo Schavelzon & Asoc., Agencia Literaria
www.schavelzon.com
© 2024, Penguin Random House Grupo Editorial, S. A. S.
Carrera 7 # 75-51, piso 7, Bogotá, Colombia
PBX: (57-601) 743 0700

Diseño de cubierta: Penguin Random House Grupo Editorial / Patricia Martínez Linares
Fotografía: © MNSKumar, Shutterstock.com
Fotografía del autor: © Chris Mosquera

Impreso en Colombia-*Printed in Colombia*

ISBN: 978-628-7745-01-8

Compuesto en caracteres Garamond

Impreso por Editorial Nomos, S.A.

A mi hermano José Pablo,
que sabe de casas y de libros.

Houses live and die.
T. S. ELIOT

1. La casa

Pude comprar la casa de Chapinero gracias a un premio que recibí en México por mi libro *Estudios sobre el español del Caribe y su relación con las lenguas creoles,* un tratado filológico en el que, grosso modo, consigné el resultado de mis investigaciones de varios años, trabajo de campo e hipótesis sobre ese espinoso tema, un volumen de trescientas veintiséis páginas publicado el año anterior por la editorial de la Universidad Veracruzana, y luego, menos de siete meses después, llegó la buena noticia: un jurado me concedía el Premio Internacional Rubén Bonifaz Nuño en la categoría de ensayo, ciento cincuenta mil dólares, una cifra generosa que nos llenó de asombro, pues además de sentirme halagado en un país extranjero —siempre es así y más aún con México— resultó ser la cantidad exacta que me faltaba para comprar la casa, la que después de toda una vida de observación, visitas y cálculos, llegué a considerar con toda certeza mi lugar en el mundo: una construcción de ladrillo rojo y piedra de tres pisos con amplio antejardín, dos patios internos, sótano y garaje, donde podría instalarme ya para siempre con mi tía, ella en el ala derecha de la segunda planta, con tres habitaciones a su disposición y una para sus enfermeras, y yo en la izquierda con dos muy grandes, una que podría destinar a biblioteca y estudio y la otra a dormitorio, un espacio silencioso y lleno de luz, ideal para continuar mis investigaciones filológicas, pues, como podrán imaginar, tras el premio mexicano me sentí impulsado a acometer grandes proyectos, o al menos a terminar alguno de los muchos desarrollados de manera parcial a lo largo de los años, probablemente aquel que por ahora llamo *Sobre el uso histórico del diminutivo en Centroamérica y las zonas andinas*, un trabajo para el que me vengo preparando desde hace más de una década y que sólo los achaques de salud de mi tía y la falta de un espacio correcto han postergado miles de veces. Pero gracias al Premio Internacional Bonifaz Nuño, que retiré en la ciudad de Xalapa en forma de diploma y de cheque, ahora podía seguir adelante.

Por cierto que el clima algo lluvioso de Veracruz, excelente para el café, según me dijeron, pintaba difícil para la salud de mi anciana tía, pero el inmenso honor que se me confirió y el cambio de aires nos permitieron soportarlo sin mayores consecuencias, incluidos el trasiego de aeropuertos y el viaje, que fue en clase ejecutiva, pues la generosidad mexicana para estas cosas, ya se sabe, es proverbial, y eso sin contar con que la Universidad Veracruzana puso a nuestra disposición dos enfermeras que se ocuparon de ella los tres días que duró la visita. Por eso pudo acompañarme no sólo a la entrega del premio, en el hemiciclo del aula magna de la universidad, junto a los galardonados de otras categorías, sino incluso al banquete ofrecido por el señor rector, don Raúl Arias Lovillo, y a un coctel al día siguiente en los salones del Museo Antropológico, uno de los más bellos del mundo, con esas cabezas olmecas que nos miran desde siglos atrás con serenidad y, sin duda, gran sabiduría.

Mi tía, que siempre fue una devota de las revoluciones sociales, quedó feliz de poder volver a México, un país, según ella, donde el arte y la cultura sí son de verdad importantes.

—Y esto porque hizo una revolución —dijo—, la primera del siglo xx, que a pesar de los problemas y la corrupción que tuvo después les permitió inventar una sociedad nueva en América Latina, diseñada casi exclusivamente por intelectuales, y por eso es tan diferente de la nuestra, sobrino, que sigue siendo feudal y aristocrática, católica y oscurantista, como esas lúgubres obras del pobre Lorca, que menos mal no vino a refugiarse a Colombia porque seguro acá también lo habrían fusilado, y con más saña y más odio, que es lo que sobra en nuestra presuntuosa aldea.

Me sentí muy bien en el viaje a Veracruz, donde pude conocer, entre otros, al gran escritor Sergio Pitol, quien fue extremadamente amable con mi tía, supongo que por tener ambos la misma edad y provenir de mundos parecidos, del servicio diplomático y el amor a las lenguas extranjeras, pero también por haber vivido en países lejanos, a más de veinticuatro horas en avión, lo que les dejó un clima espiritual de apertura, de escucha silenciosa y atenta, menos común en personas que han vivido siempre en el mismo lugar. Más adelante explicaré por qué conocer a Pitol supuso para mí no sólo un gran honor, sino algo de absoluta e intensa relevancia por una cuestión personal.

Durante la estadía jalapeña volví a ver a mi viejo amigo y editor don Agustín del Moral, director de la editorial de la Universidad Veracruzana, quien me invitó a dar un paseo por su librería y puso a disposición su fondo. «Elige los libros que quieras», me dijo, así que al regresar a Bogotá llevaba, además del diploma y el cheque, una maleta extra llena de libros, casi cincuenta entre los que recibí de regalo en Xalapa, con reediciones de clásicos, ejemplares de la colección Pitol Traductor y otros de teoría filológica, más los que compré luego en el D. F. en las librerías de viejo de la calle Donceles, que los lectores relacionamos con una de las más geniales novelas breves, *Aura*, de Carlos Fuentes.

Volvimos a Bogotá bastante serenos, decía, pues la verdad es que durante el viaje no hubo ni el más mínimo episodio de salud que mereciera ser registrado, y sólo al bajarnos del avión algunos nubarrones negros me atormentaron. Puede que tenga que ver con la altura o la idea del regreso, no lo sé; como si esas nubes cargadas de presagios se metieran dentro de mí y envenenaran mi espíritu. Algo en Bogotá me produce ansia, como de haber desatendido una obligación importante, definitiva, para la cual ya es irremediablemente tarde. Pero es comprensible que intuiciones e imágenes sombrías me acechen aquí, como se verá más adelante. Es justamente lo que deseo comprender y por supuesto interrogar en estas páginas. El resultado es agotador, créanme. Por suerte mi tía está siempre ahí, pues fue ella quien me sacó de ese letargo con una frase brutal, en su mejor estilo:

—No pongas esa cara de cordero degollado, sobrino. Te acaban de dar un premio en México, ¿qué más quieres?

Tras esta breve charla me concentré en las labores prácticas de la llegada al aeropuerto: la salida de las maletas, los dos carritos con sendos maleteros y luego la fila hacia los taxis, yo empujando la silla de ruedas de mi tía.

En esas estaba cuando llegó a mi mente algo que alejó por completo la angustia y fue la imagen de la casa de Chapinero, que ahora podía comprar gracias al premio. Por eso lo que más ansiaba era llegar a nuestro viejo apartamento, dejar a mi tía con las enfermeras e ir de inmediato a la inmobiliaria.

Fue exactamente lo que hice, algo nervioso, pues en mi ausencia podrían haberla vendido, pero corrí con suerte y aún estaba disponible, lo que en el fondo era de esperarse. Ninguna familia convencional querría vivir en una casa así. Es demasiado grande y vieja, con pisos de madera que resuenan, una escalera algo fantasmal que hace ecos, una enorme cocina, un comedor para doce personas, sin hablar de las seis habitaciones del segundo piso, la despensa y el recibidor, en fin, una verdadera pieza de museo, una casa situada en otra época de la historia y que ya no corresponde a los tiempos actuales.

Un poco como nos pasa a mi tía y a mí.

Por eso era perfecta para nosotros, así que al dirigirme a la agencia mi corazón comenzó a acelerarse. ¿Qué haría si la habían vendido? Mientras caminaba sentí que, más que una casa cualquiera, era nuestro último refugio. Sin ella quedaríamos desamparados, a merced de una realidad que a ambos desagradaba, que continuamente nos hería.

Todo eso pensé, acezante, pero al llegar a la oficina de finca raíz, sobre la carrera séptima, la señorita que atendía —que me obligó a estar en vilo todavía unos minutos mientras cerraba una estúpida conversación telefónica, cruzando y descruzando las piernas de un modo exasperante y vulgar— me tranquilizó diciendo, no, doctor, no se preocupe que la casa sigue en venta en los mismos términos, así que le dije, quiero comprarla ya mismo, le ruego que prepare los papeles, el certificado de tradición, los paz y salvos, y ella preguntó, ¿qué método de financiación piensa usar el doctor?, y yo le dije, ninguno, se la pago de contado, le puedo adelantar la mitad ahora, con la promesa de venta, y la otra mitad a la firma de la escritura, y ella dijo, claro que sí, doctor, venga entonces y vamos redactando los términos del documento, ¿me regala su cédula y su nombre completo?

Poco después, con la escritura a mi nombre y el pago del segundo cincuenta por ciento mediante cheque de gerencia, me pude concentrar en esa labor hercúlea y llena de tensiones que es el trasteo.

2. El trasteo

A los diez días hicimos la mudanza con la compañía especializada Elorza Trasteos, que con la opción «Superior plus» desarmó y puso en cajas prácticamente todo lo que teníamos en nuestro anterior apartamento, un dúplex en el tercer piso de un inmueble en la calle sesenta con quinta, al frente de la mole del colegio La Salle, ese helado claustro que con su sola presencia, su «estar ahí» silencioso y oscuro, atormentó, y lo digo sin exagerar, cada una de mis noches, y me hizo comprender la maldad de ciertos edificios. Decía que, de este modo, la compañía cargó todo lo nuestro en tres camiones y volvió a armarlo allá, en la nueva casa, siguiendo como es lógico instrucciones precisas y metódicas.

El proceso de empaque debía durar tres días y el traslado uno, de siete de la mañana a seis de la tarde, a lo que seguían la organización, el acomodo y el montaje de las piezas armables. Como mínimo de jueves a domingo. Previendo eso reservé dos grandes habitaciones en el hotel Suites Jones —no lejos de ahí, diagonal al satánico restaurante Pozzetto— por una semana, donde podríamos esperar con calma que Elorza Trasteos acabara su tarea. Mi tía dio instrucciones para la colocación de sus cosas trazando líneas sobre un plano, pero prefirió quedarse en el hotel con las enfermeras y esperar a que concluyeran, pues el trasiego de cajas y la presencia de pintores —olvidé decir que mandé pintar la casa, y al ser todo tan rápido ambas cosas acabaron sobreponiéndose, lo que generó verdaderos momentos de caos— podrían acabar por indisponerla y contaminar un momento tan importante como este, la llegada a la casa que yo presentía como definitiva, a esa casa ya para siempre, así que se quedó en su suite jugando solitarios y leyéndoles en voz alta a las enfermeras de un libro del poeta ruso Maiakovski, *Conversaciones con el inspector fiscal y otros poemas*, su autor preferido para los momentos de tensión, pues a pesar de que este proceso era muy favorable no dejaba de presentar ciertos riesgos, como todo lo que implica un cambio o el sencillo acto de sacar la vida íntima y ponerla en la calle, así sea para llevarla a otro lugar.

Se quedó también con su perra Marquesa, a la que mi tía llamaba también con el segundo nombre de Pasionaria. La verdad no sé muy bien por qué, nunca me acabó de explicar —o yo nunca acabé de entender— el motivo de los dos nombres, tan diferentes en lo conceptual, pues Marquesa evoca el mundo nobiliar europeo, con su pompa y boato, su atmósfera elitista y alejada del pueblo, mientras que Pasionaria recordaba las reivindicaciones sociales, el marxismo, la lucha de clases y, en América Latina, incluso la resistencia armada y la subversión, cosas que mi tía siempre defendió con ardor, contra viento y marea, y esto a pesar de haber sido por épocas funcionaria pública de este país, que, ustedes lo saben mejor que yo, es una república claramente de derecha, con corporaciones e instituciones públicas de derecha y a veces algo sórdidas en las que, increíblemente —la verdad no sé cómo—, ella siempre logró destacarse, ser respetada y sobre todo temida, que es el modo más eficaz de recibir respeto en países mediocres y crueles. Así, la vida de mi tía se caracterizó por conseguir de otros cosas que, sospecho, nadie habría podido lograr con facilidad de nadie, fueran personas o animales.

De ahí que su perrita respondiera alegremente a la excentricidad de los dos nombres, e incluso llegué a pensar que entre las dos, ama y perra, se había establecido un diálogo inaudible para mí en el que ambas sabían cuándo debía llamarse Marquesa y cuándo Pasionaria. La verdad es que se querían mucho. Mi tía la había recogido de la carretera por donde erraba sola, era uno de esos animales a los que la gente, con su crueldad habitual, abandona cuando se aburre, como si no se tratara de seres vivos. Entonces, un día en que volvíamos de una pequeña propiedad en Sasaima, una finquita de recreo en una vereda, cuando estábamos por llegar a la sabana, pasado el desvío a Albán, la vimos, un cachorrito vagando al borde de la carretera con un extraño modo de correr, dando brincos. Así que paramos, la recogimos y vimos horrorizados que no contentos con abandonarla le habían quebrado una pata para que la perrita no pudiera seguirlos ni mucho menos volver hasta su casa, y entonces mi tía le dijo a nuestro chofer, Abundio, y se lo dijo con una voz cavernosa, la que salía de su boca cuando daba ciertas órdenes que en el fondo eran manifestaciones de repudio, de asco hacia la vida:

—Abra bien los ojos, Abundio, y si descubre el carro de los que dejaron tirada a esta perrita se les va de frente y los estrella con toda la fuerza que pueda, que yo me hago responsable.

—Como ordene, mi doctora —respondió Abundio, un boyacense muy teatral que conocía perfectamente a mi tía—, apenas los vea les entro con todo.

Esto a sabiendas de que era una orden imposible, aunque si por algún motivo Abundio hubiera detectado a los dueños del perro no lo habría dudado un segundo y la colisión habría sido brutal, pues en esa época aún teníamos el Studebaker President, ese carro antiguo de latas duras que habría destruido cualquier automóvil moderno con sólo echarle el aliento.

Ya con la perrita en el carro, me sobrecogieron los chillidos del animal cada vez que mi tía intentaba comprender con sobijos en qué punto de la pata tenía quebrado el hueso, y, por supuesto, al llegar a Bogotá la llevamos a una clínica veterinaria donde se dio orden de que la curaran, alimentaran y bañaran, y así fue como Marquesa/Pasionaria entró a nuestra vida, una perrita de raza indetectable, gozque, mestiza y expósita, que parecía pedir perdón por existir y movía la cola por cualquier cosa, alegre y saltarina, que comía galletas de la mano de su ama, que sentía en ese contacto una de las pocas cosas buenas y probablemente nobles que quedaban en el mundo.

Pero volvamos a la casa, donde el trasteo continuaba en medio de una frenética actividad.

Allí los pintores movían sus brochas y espátulas, deslizaban rodillos caminando sobre plásticos o subidos en escalas, y blanqueaban muros y techos con cal en medio de arrumes de cubetas y tarros de pintura. Simultáneamente, en cada cuarto, un grupo de trabajadores de Elorza Trasteos se daba mañas para abrir cajas y organizar enseres, utensilios de todo tipo, muebles de valor y adornos provenientes de mil lugares del mundo que debían tratarse con extremo cuidado. En mi estudio, dos jóvenes armados de sendos destornilladores montaban estanterías y uno más empezaba a organizar las más de cuatrocientas cajas de libros, todas con indicación de letra en secuencia alfabética, lo que debía permitirme reconstruir la biblioteca en orden, pues durante años lo que tuve fue una especie de alocada bodega de ejemplares dispersos, ni siquiera agrupados por autor, con el único resultado de que cada vez que quería o necesitaba uno en particular acababa leyendo otras cosas, ojeando libros que no recordaba o que hacía tiempo no tenía entre manos. Es agradable dejarse atrapar por la biblioteca, pero a la larga resulta poco útil, sobre todo cuando uno está comprometido en trabajos de largo aliento, como es mi caso con demasiada frecuencia. Dos días después, la casa estuvo lista y mi tía pudo venir a instalarse.

—Es perfecta —dijo sonriendo, girando su cabeza para mirarla toda, tocándola con sus finos dedos, oliéndola—. ¡Una de esas casas de antes!

Y al decir esto, puede que estimulada por la palabra «antes», entró en una suerte de trance que yo prefería llamar «pensamiento profundo», con la cabeza recostada hacia atrás y los ojos levemente cerrados. Mi tía tenía esas transitorias desconexiones. De pronto su mente era un tubo de luz que la proyectaba hacia algún lugar del pasado, y al verla sumergirse en eso yo sentía una gran envidia. ¡Cuánto no habría dado yo por contemplar esas mismas ensoñaciones! A veces me las contaba. En alguna parte leí que este tipo de onirismo bordea la esquizofrenia, pero no era su caso. Ella podía ver la realidad desde otras épocas.

Era uno de sus muchos y grandes talentos.

Cuando los de Elorza Trastcos se fueron, mis veintisiete mil libros estaban organizados en riguroso orden alfabético en estanterías ajustables de madera de roble que, aparte de cubrir los muros del cuarto donde instalé la biblioteca y los de mi dormitorio, avanzaban por las paredes del *hall* y continuaban en el primer piso, en el salón principal y el segundo salón, que en la práctica iban a ser extensiones de mi biblioteca ya que hacía por lo menos cinco años que ni mi tía ni yo recibíamos visitas, como no fueran profesionales o médicas, y mucho menos organizábamos algún tipo de evento social, todo eso que ella, al alejarse de la vida pública, aborreció de un modo tan intenso que me hizo pensar que lo había odiado siempre, y que si lo hizo en sus épocas de gran influencia, en Colombia o en el exterior, fue sólo por compromisos ligados a sus diferentes cargos, todos relacionados con la acción jurídica internacional en el marco de Naciones Unidas y, en un par de casos puntuales, con la cancillería colombiana.

Llegué a pensar incluso que toda esa gente que ella trató con una cordialidad educada y distante, los mismos que la agasajaron de ese modo zalamero tan típico de este país, eran personas que en el fondo despreciaba, funcionarios que para ella debían ser como insectos moviendo sus antenas para vadear el torrente y medrar en la fetidez en la que están acostumbrados a vivir. Muchas veces, luego de que alguno la abrazara y levantara su copa para brindar en su honor, ella me decía, haciéndose a un lado, «este lleva ya tres cartas al ministro intentando comprometerme en escándalos», o «desde hace dos años intenta serrucharme el piso con campañas de desprestigio para ocupar mi cargo», pero mi tía siempre lograba salir a flote, victoriosa, y lo expresaba con una frase que provenía del mundo militar: «Estoy fuera de su radio de tiro», y así ella seguía siempre adelante incluso cuando las cosas debían serle naturalmente adversas, como en las dos presidencias del siniestro Dr. Uribe, el periodo más turbio de nuestra historia reciente. Pero incluso ahí ella se mantuvo, y solía decir:

—¡Que ni se le ocurra a ese doctorcito pendejo, jefe del paramilitarismo, conspirar contra mí o tocar mis intereses!

Luego indicaba con el pulgar hacia abajo, cual romano emperador, y decía con desprecio:

—Gente grosera y vulgar.

Diferentes, según ella, de las personas de derecha que conoció en los inicios de su carrera, allá por los años sesenta, que por más que fueran rivales ideológicos tenían una cierta honorabilidad, algo que, a pesar de sus permanentes críticas al mundo capitalino, relacionó siempre con esa tradicional (y puede que ya perdida) educación solidaria y respetuosa del barrio.

3. El barrio

Los barrios, como las casas y las personas, tienen sus estados de ánimo, sus épocas de euforia y depresión. Hay un momento para construir, ordenar y creer, y otro para que el viento y la lluvia humedezcan, destruyan y vuelvan opaco lo que antes refulgía. También para que ese mismo viento empuje escombros y cenizas sobre una tierra yerma en la que ya no queda nada, sólo el ruido de algunos insectos. Son los tiempos de las ciudades y de las vidas que deambulan por ellas. Todo eso que inevitablemente, con toda justicia, está llamado a sucumbir.

Nuestro barrio en la zona de Chapinero, el de mi infancia y el de la nueva casa, es el Calderón Tejada, llamado así por una familia bogotana de ilustre árbol genealógico y ramificaciones que llegan hasta hoy, con personajes como el presidente Juan Manuel Santos o el columnista Antonio Caballero, entre otros descendientes notables y aristocráticos. ¡Cuánto han pesado siempre los apellidos en Colombia! Se trata de la realeza criolla y el barrio evoca sus años de esplendor, a fines del siglo XIX y principios del XX.

Hoy es más un barrio de clase media, de casonas enormes con estilos muy diversos y a veces disparatados, pues si bien fue zona elegante por unas cuantas décadas, la alta burguesía la abandonó, en su afán universal por evadirse cada vez más hacia el norte, y así toda esa zona de Chapinero Alto se fue quedando en manos de familias como la mía, que debían trabajar para subsistir. Muchas de las antiguas casas, sobra decirlo, fueron derribadas para construir edificios de cinco o seis pisos, con apartamentos funcionales y sintéticos, más acordes con los tiempos modernos.

Desde niño me intrigó la casa que acabo de comprar y siempre fantaseé con vivir en ella. Recuerdo haber pasado horas y horas de mi infancia recostado en los prados del parque Portugal mirándola fijamente, vigilando sus puertas y ventanas con la esperanza de ver asomarse a alguien. Pero nada. Nadie. La casa siempre estaba sola, erguida en medio del barrio con una gran nobleza que parecía querer decirnos algo desde su silencio. Por las noches se encendían algunas luces en la planta baja, como si hubiera un vigilante, pero las ventanas superiores desaparecían en la oscuridad. Sabíamos que era propiedad de una rica familia española, los Verástegui, que vivían repartidos entre España y México, y que venían de vez en cuando, aunque yo nunca los vi. Lo que sí vi una vez, hace mil años, fue una extraña bandera ondeando en el asta, al lado de uno de los ventanales del segundo piso. Una bandera que no correspondía a ningún país conocido por mí, y entonces le pregunté a la tía, ¿qué bandera es esa?, y ella me respondió, la de la República Española, lo que me intrigó aún más, y le dije, pero si esa no es la bandera de España, ¿por qué la sacan?, y mi tía respondió, porque acaba de morirse Franco y los Verástegui son vascos, enemigos de la dictadura, gente decente, y entonces yo le dije, pero ¿tú los has visto alguna vez?, y ella respondió, no, sobrino, nadie los ha visto, pero basta con esa bandera para saber que son personas de bien.

La casa de los Verástegui fue uno de los grandes misterios de mi vida. Muchas veces imaginé sus corredores, su escalera que suponía ancha y señorial, una baranda curva hacia lo alto, y con frecuencia me preguntaba, ¿cómo se verá el mundo desde las ventanas de esa casa?, ¿cómo se verán Bogotá y nuestro parque y mi pequeña vida? No pasó un solo día de mi infancia y puede incluso que de mi adolescencia sin que me preguntara qué estaría pasando en su interior, si alguien intentaría subir con sigilo la escalera, si unos ojos sin rostro observaban la ciudad desde sus ventanas, detrás de los visillos, y qué cosas correrían por ese aire guardado y ese silencio, qué extrañas sustancias habría en los rincones o en las sombras de una casa en la que desde hacía tanto tiempo, en las noches, ya nadie encendía las lámparas.

Cuando al fin pude conocerla, algo extraño se removió en mi interior.

Ocurrió una tarde de hace apenas tres años, mientras paseaba sin rumbo, al azar, por los senderos del parque. Mis ojos fueron como siempre a posarse en sus ventanas y entonces vi un anuncio que me estremeció, «Se Vende», dos palabras escritas sobre una cartulina roja y el número de una agencia inmobiliaria. Sentí una mezcla de vértigo e incredulidad, mi corazón dio un golpe tan fuerte que debí sentarme, respirar profundo. Llamé al número y obtuve una cita para el sábado, a la que pensé acudir solo para no alterar a mi tía, y fue así como más de cuatro décadas después me vi traspasando la verja del jardín, listo para entrar con una empleada de la agencia inmobiliaria y temeroso de estar profanando algo.

Pero al dar un paso hacia el interior y ver los corredores y la disposición de los salones sentí que ese olor y ese silencio sabían de mí, me esperaban, algo que me pareció real, pues desde su lejanía fueron testigos de una época de mi vida que yo daba por concluida pero que de algún modo seguía atrapada en esas sombras y vericuetos, los mismos que la joven, torpe con su inmenso llavero en la mano, intentaba deshacer subiendo persianas, encendiendo luces, abriendo ventanales para hacer correr el aire y diciendo, disculpe, doctor, usted sabe cómo son estas casas, se mantienen cerradas y agarran ese olor un poco triste, ¿no?, y yo le dije, no se preocupe, me lo imagino, pero dígame, ¿usted cree que un olor puede ser triste?, y ella, muy segura, corroboró con la cabeza, pues claro, doctor, hay olores tristes y olores felices, y entonces le dije, ¿y cuál sería un olor feliz?, y ella respondió como si hubiera estado pensando en eso toda la vida o lo estuviera leyendo en un manual, el Chanel número 5, doctor, ¿no le parece?, ese es un olor muy feliz, y acto seguido fue hacia la escalera diciendo, venga a ver el segundo piso, si lo que el doctor quiere es conjugar vivienda con oficina esta es la solución perfecta, camine le muestro los cuartos de arriba, son enormes, y yo le dije, es exactamente eso lo que busco, y entonces subí, embrujado por los claroscuros, por el leve crujir de la madera bajo mis pies, y luego, al ir entrando a cada cuarto, sentí que algo dentro de mí se despertaba y estiraba los brazos, como un animal que hubiera estado dormido y un brusco cambio lo trajera de vuelta a la vigilia.

Al final del recorrido, con nervios, pregunté el precio, pero la cifra me devolvió a la realidad, así que le dije a la señorita, muchas gracias, tendré que pensarlo, la casa es perfecta pero esa cantidad está por encima de mis posibilidades, habrá que analizar otra vez los recursos, ver cuánto me puedo alargar, ¿usted cree que podría hacer una oferta menor?, pero ella se apresuró a decir, la verdad no creo, doctor, los dueños son una familia muy rica que vive en México y en España, vienen de vez en cuando y su abogado no me dio ninguna indicación a ese respecto, eso sí, si usted quiere hacer una oferta yo la transmito, aunque por ahora, a mi entender, ese es el precio, así que le agradecí, me despedí de ella y regresé a la calle emocionado y confuso, triste, eufórico, con multitud de escenas de mi infancia serpenteando ante mis ojos, repleto de intuiciones y recuerdos. Mala cosa es no poder comprar lo indispensable.

Las rentas de mi tía nos habrían permitido acceder a un préstamo bancario, pero ella nunca lo habría aceptado. No aprobaba la compra financiada y los pagos por cuotas, decía que era un sistema perverso, el peor mal del siglo XX. Que un mesero de cafetería pudiera comprarse un automóvil hipotecando su vida entera le parecía un horripilante método de explotación basado en la ignorancia y el arribismo, por eso no era pensable siquiera proponérselo. La posesión material más allá de las posibilidades presentes era lo que más odiaba en la vida, el inicio de la gran enfermedad que, según vaticinó —y en parte tuvo razón—, acabaría por destrozar la economía de Estados Unidos y probablemente también de Europa. Por esto no me quedó más remedio que esperar algo anómalo, una especie de milagro, pues mis ingresos no permitían reunir la cantidad que me hacía falta para comprarla.

De ahí la sorpresa del Premio Internacional Rubén Bonifaz Nuño a mi libro, justo con la cantidad que hacía falta, y luego, en la primera visita, la entusiasta aprobación de mi tía desde el mismo momento en que, tras subir las gradas del antejardín y cruzar el portón, recorrimos las dependencias del primer piso.

4. El primer piso

Releo y me doy cuenta de que falta un personaje importante en esta primera instantánea familiar, y es Tránsito Medina, la fiel cocinera y empleada doméstica de mi tía, una mujer cariñosa y curtida, nacida en Mesitas del Colegio, que estaba a su servicio desde los dieciocho años, con cuarenta y siete de labor al mando de la cocina, el orden y el aseo de nuestra casa. Como era de rigor, ella ocuparía las dos habitaciones de servicio ubicadas al fondo del primer piso, entre la cocina y los garajes. El tercer cuarto de servicio, al frente del vestíbulo de la entrada, se utilizaría como habitación diurna y de reposo para Abundio, nuestro conductor.

Tránsito supervisó personalmente el trasteo y la nueva disposición de todo lo referente al servicio. Cuidó con esmero de las cosas más delicadas, como que las tres vajillas fueran puestas en un aparador especial, y además respetando una jerarquía: la francesa color sepia en los dos primeros cajones; la inglesa con escenas de cacería en los centrales, y la joya de la casa, la de Companhia das Indias, de porcelana china —una pieza de anticuario que compramos en Macao y que, además del servicio para doce personas, contenía bandejas, jarrones, dos fruteros y un juego de té—, en los estantes altos del mueble.

Ordenó también los electrodomésticos y demás enseres de la cocina según su comodidad y arreglo, pues ese espacio era el suyo y nadie habría podido intervenir sin exasperarla. Tránsito tenía su genio y su fuerte personalidad, de otro modo no habría resistido tantos años al servicio de mi tía.

Esa forma de ser le venía de la niñez y la adolescencia en el campo, primero cerca de Bogotá —en Mesitas— y luego en los Llanos Orientales, adonde su familia emigró en la época de la Violencia. Una noche, en un camino comarcal, encontraron los cadáveres decapitados de su abuelo y su tío abuelo, ambos líderes liberales. Esto convenció a su papá de que debía irse y atender las amenazas, dejando a los conservadores dos buenos terrenos de siembra y su casa para «desplazarse» —término tristemente frecuente en la historia de Colombia— a una región liberal.

Por eso Tránsito vivió los siguientes trece años en el Llano, en el municipio de Gaviotas, de donde volvió a emigrar ya sola a Bogotá, al cumplir la mayoría de edad, para contratarse en el servicio doméstico y dejar atrás, según decía, «tanto recuerdo triste», y cuando decía la palabra «triste» Tránsito se fruncía, su frente parecía oscurecerse y sus ojos, siempre amables, se convertían en dos cavernas de las que salían llamaradas. Yo intuía que detrás de esas dos sílabas había más cosas, crueles e injustas, puede incluso que terroríficas, y que si yo pudiera verlas lo más seguro es que ambos nos echaríamos a llorar.

Al llegar Tránsito a Bogotá, a mediados de la década de los sesenta, conoció a mi tía, que por esos años era una joven y exitosa abogada de izquierda, miembro del MOIR, especializada en Derecho Internacional en Francia, avezada y culta, con todo Sartre leído en francés, todo Camus y Beauvoir, todo Jean Genet, y que había viajado por los países socialistas y su amada URSS, que siempre defendió, aunque con ciertas críticas —que hacía sólo ante interlocutores que compartían sus ideas—, hasta la caída del muro de Berlín.

Tránsito empezó a trabajar en la casa y poco a poco fue haciéndose cargo de todo, pues en esos primeros años, como penalista, mi tía salía temprano a los juzgados y luego a sus reuniones políticas, muchas de las cuales eran clandestinas, y volvía muy tarde en la noche. Ahí conoció brevemente a otra de sus grandes adoraciones, el cura Camilo Torres, del que, sin embargo, pocas cosas me contó, excepto una frase suya que repetía con frecuencia y que tenía que ver con esa peculiar síntesis entre religión y lucha armada: «Las clases sociales son un obstáculo para el amor, por eso hay que combatirlas».

El hermano menor de Tránsito, Henry, emigró a Medellín a finales de los años sesenta, y de ahí, tras una serie de episodios algo confusos, se enroló en las FARC, en una columna que operaba por Chigorodó y Necoclí. No volvió a saberse mucho de él, excepto por un día en que apareció con una niña como de tres años, Melbita, que había tenido con una guerrillera. Venía a entregarla a la casa de la abuela materna y pasó a mostrársela a Tránsito. Luego desapareció otra vez y a mediados de los años setenta, o tal vez más adelante, no recuerdo bien, Henry cayó en una acción cerca de la carretera al Urabá chocoano. De milagro no murió y lo llevaron preso a Bogotá, a La Picota, donde pagó tres años de cárcel por asonada y rebelión, en fin, lo normal, pero lo que sí supe fue que mi tía lo defendió y, como cosa especial y con ayuda de su gran amigo, el abogado Jaime Pardo Leal, logró que lo liberaran pagando una fianza y haciéndose ella responsable.

—Salió libre —me contó Tránsito—, pero a la semana dos encapuchados lo sacaron a empujones de una cafetería en el barrio La Merced y delante de todo el mundo, en plena calle, un sábado al mediodía, le pegaron seis tiros en la cabeza y ahí lo dejaron.

Tránsito se retiró una lágrima al evocar esto.

—Sumercé estaba chiquito y por eso no se acuerda —me dijo—, pero fue una cosa horrible, imagínese, y como Henry tenía una tarjeta de la doctora en el bolsillo la llamaron a ella a la oficina, y de milagro que por esa época ustedes estaban en Colombia. Me acuerdo que yo estaba en la casa, era cuando vivíamos en la 59 con carrera cuarta, aquí cerquita, y de pronto su señora tía llegó y me dijo, cámbiese que nos vamos, Tránsito, pasó algo, y yo me atreví a preguntarle qué había pasado, ¿y sabe por qué, señor?, porque se lo adiviné en los ojos. Cuando ella por fin me dijo, es Henry, hubo un accidente y está en el hospital, fue como si yo ya lo hubiera oído decir, mejor dicho, como si esa frase ya estuviera en mi cabeza desde antes, y entonces corrí a ponerme un abrigo y salimos, usted que era un niño estaba en el segundo piso con la profesora de francés y ahí lo dejamos con ella, nos fuimos voladas a la Hortúa, y al llegar Abundio se metió con el carro casi hasta la recepción y nos bajamos preguntando, ¿Henry Medina por favor, en qué cuarto está?, así les pregunté a todos los que vi pasar con bata blanca mientras que su tía hablaba en la oficina de ingresos, y yo seguí y seguí, ¿el cuarto de Henry Medina, por favor?, ¿sabe si Henry Medina estará en cirugía?, ¿dónde está Henry Medina?, pregunté y pregunté, como si le hablara al vacío, sin que nadie me supiera dar cuenta de él, hasta que su señora tía vino y me agarró del brazo y después me abrazó con fuerza y dijo, lo mataron, no pregunte más por él, Tránsito, no está en ningún cuarto porque llegó muerto, lo tienen en la morgue, vamos a reconocerlo, y yo, imagínese, señor, me puse a gritar de dolor, al menos es como yo lo recuerdo, porque su tía dice que yo lloré calladita y con mucha dignidad, sin que los demás oyeran, y que miré con rabia al suelo, no sé, la verdad no me acuerdo, luego bajamos por las escaleras hasta un sitio muy frío y oscuro y otro doctor que tenía en las manos unos guantes como de plástico nos recibió, ¿son parientes de Henry Medina?, y la doctora dijo sí, ella es la hermana, y ahí lo vimos, Dios santo, lo tenían en una cubeta de aluminio, tapado apenas con una sábana, y yo pensé, se estará congelando, se va a morir de frío, pero ahí mismo me volví a decir, tan bruta, si ya está muerto y a los muertos no les da frío, y eso que pensaba se mezcló con el llanto, no podía creer que eso había pasado, ¡no podía ser verdad! Entonces una voz me dijo en la cabeza, a lo mejor no es Henry, mírelo bien, hay una esperanza, y fui a mirarlo de cerca pero qué va, sí era, estaba pálido y con morados en la cara, ya le habían lavado la sangre y la cabeza, toda rota, se la tenían amarrada con un trapo, horrible, señor, y al verle los ojos me pareció oírle la voz diciendo, ay, hermanita, me mataron, le tocó quedarse sola, le encargo me cuide a la niña, eso me pareció que decía Henry desde la muerte, que le cuidara a la hijita, que a esa hora debía estar con la abuela, la mamá de la guerrillera, así que pensé, cuando salga de acá me voy a verla, me va a tocar hacer como si fuera mi hija, y cuando se acabó el papeleo del reconocimiento en el hospital y volvimos al ingreso le dije a la señora, ¿me da permiso para ir a ver a Melbita?, y ella dijo, claro, Tránsito, váyase para allá que yo me quedo aquí arreglando otros trámites de Medicina Legal y lo del sepelio, así que me mandó con Abundio a la casa de la niña, por allá por Pablo VI, y cuando llegué me la encontré jugando en un parqueci- to donde había rodaderos y columpios, delante del edificio donde vivía la abuelita. Cuando la vi pensé que no iba a ser capaz de decirle nada, así que hablé fue con la señora, le dije buenas tardes, ¿se acuerda de mí?, soy la hermana de Henry, la tía de la niña, una vez vine a visitarlas, y ella dijo, claro que me acuerdo, cómo le va, y con eso nada más ya se me vino el llanto, y entonces la señora me dijo, ¿pasó algo?, y yo le conté rápido, disimulando porque en ese preciso momento la niña me vio y llegó corriendo a saludarme, ¡tía, tía!, y yo la alcé y la abracé, y claro, me tragué las lágrimas, entonces la abuela de la niña me miró con cara de… ¿qué hacemos?, y yo le hice gesto de nada, está muy chiquita, no le digamos todavía nada, pobrecita, al fin y al cabo está acostumbrada a que el papá no esté, dejemos que crezca un poquito más tranquila, y la abuela me entendió al vuelo y dijo, tiene razón, le doy mis condolencias por su hermano, y yo le dije, gracias, y le pregunté, ¿sabe algo de la mamá de la niña?, y ella, ay, Tránsito, usted sabe cómo es con ellos, uno nunca se entera de nada y lo mejor a veces es que no lleguen noticias, fíjese hoy, está una más tranquila cuando no se sabe nada, ¿no le parece?, y yo le dije, gracias por el pésame, señora, el domingo vuelvo a visitar a la niña y a llevarla a un parque o a un cine, y cuando me despedí de Melbita le dije que la iba a llevar a un cine, pero la niña preguntó, ¿con mi papito?, y yo no sé de dónde saqué fuerzas para decirle, bueno, mijita, venga le cuento, como él anda tan ocupado con el trabajo se tuvo que volver a ir a un viaje de esos que él hace, así que mejor vamos nosotras dos, y ella sonrió y dijo, sí, bueno, tía, te espero el domingo entonces, y ahí la dejé, feliz y jugando, esa felicidad que tienen los niños cuando no saben, y me hizo pasar un poco la tristeza, aunque a lo mejor lo que yo más tenía era rabia, no sé bien, así que me despedí de la señora y quedé de avisarle para el entierro, me dio el teléfono, y luego Abundio me llevó de vuelta a la casa y se fue a recoger a la señora al hospital o a la oficina, no sé, y por la noche, cuando volvieron, después que la doctora hubiera hablado con varias autoridades, me preguntó, ¿cómo se siente, Tránsito?, ¿cómo está su sobrina?, y yo le conté todo, le dije que habíamos decidido no decirle nada a la niña, pero al hablar yo sentía una bola de fuego quemándome el estómago, una pregunta que casi no me atrevo a hacer, hasta que salió sola, y la dije, ¿quién lo mató, señora?, ¿quién fue? Ella se quedó un rato callada, como midiendo las palabras que iba a decir, hasta que por fin habló, y dijo, parece que fue de las FARC, no saben bien qué fue lo que pasó pero es casi seguro que sí, que fueron ellos.

En este punto de la historia, Tránsito volvió a secarse los ojos, y yo los míos, también muy cargados.

—Al oírla se me fue el alma a los pies, ¿cómo así que los mismos compañeros lo mataron?, pero así fue, a los pocos días y con los contactos que ella tiene me lo fue confirmando, sí, Tránsito, fueron ellos, creyeron que había salido de la cárcel por darle información al ejército, a los pocos días les agarraron un campamento por allá por Necoclí, así que los tipos dijeron, debió ser Henry, por eso lo liberaron, y esto porque él se quedó unos días en Bogotá y no se puso a decirles que había sido la doctora la que lo había ayudado a salir, y por eso ella estuvo también muy mal, no se resignaba a aceptar que hubieran sido los mismos compañeros de Henry, y claro, al final se supo todo y hasta reconocieron que había sido un error la orden de matarlo, y me mandaron un mensaje con unas disculpas y unas condolencias, y ofreciendo ayuda, en nombre de la lucha del pueblo colombiano, pero yo ni contesté, ¿se imagina eso, sumercé?

Esto me lo contó Tránsito cuando yo era un adolescente, en una de esas tardes, al llegar del colegio. Me gustaba quedarme en la cocina oyéndole cuentos mientras me tomaba un Milo con leche y me comía un sándwich, antes de subir a hacer tareas, y parte del mucho afecto que le tengo a Tránsito viene de esas charlas, donde me enseñó a conocer el país de ella, tan diferente del mío a pesar de ser el mismo.

El asesinato de Henry fue la tragedia central de su vida, pues la muerte de los padres, en Gaviotas, la entristeció pero le pareció algo normal, que cabía dentro de la ley de la vida y de Dios, que para ella era la única ley. «La gente vieja se enferma y se muere», me decía, «y así es mejor porque descansan y dejan de sufrir». Pero lo de Henry no era así. «¿Dónde estaba Dios cuando le dispararon?», decía, pero en lugar de ponerlo en duda lo que hacía era rezar y rezar más, a ver si encontraba una respuesta. Nunca se repuso de esa muerte. Henry tenía apenas veintiséis años.

Por eso Melba, la sobrina, era la única pariente de Tránsito y una vez cada quince días venía a visitarla, y a veces se quedaba todo el fin de semana, para lo cual las dos habitaciones del servicio eran perfectas: en una estaba su dormitorio y en la otra un pequeño salón con un sofá cama donde podía recibirla. Mi tía, conmovida por todo lo que había pasado, decidió adoptar a Melba y le pagó la carrera de Odontología en la Universidad Javeriana. Hoy trabaja en un centro de salud del Distrito en el barrio Pablo VI, donde creció.

El día del trasteo, decía, Tránsito estuvo en la nueva casa desde muy temprano, con su delantal de trabajo, y no sólo dirigió la organización de su cocina, el cuarto de ropas y su despensa, sino que le ayudó a Abundio con las cajas y muebles de las habitaciones de arriba. Mi tía había dado instrucciones muy precisas que ella memorizó y que luego, con disciplina prusiana, hizo seguir al detalle a los empleados de Elorza Trasteos.

La memoria de Tránsito tenía su historia. A pesar de mil intentos y el empleo de todo tipo de métodos, ella era lo que se suele llamar «analfabeta funcional», alguien que a pesar de haber aprendido las letras y su uso era incapaz de ejercer ese conocimiento en la vida cotidiana, y entonces se las ingeniaba para huir de la escritura y la lectura como de una enfermedad mortal. ¿Por qué lo hacía? Nunca lo supe a ciencia cierta, un misterio que casi resuelvo hace poco viendo una obra de teatro, *Analfabetas*, con esa genial actriz y amiga que es Carmenza González. De cualquier modo, esa incomprensible situación llevó a Tránsito a desarrollar, como mecanismo de defensa, una extraordinaria memoria, y como tampoco le gustaba escribir números era capaz de memorizar los teléfonos que dejaban hasta dar el recado de viva voz.

A modo de digresión me viene a la mente una historia que le escuché al escritor Héctor Abad Faciolince en México, en un congreso en la Universidad Claustro Sor Juana al que fuimos invitados, él como literato y yo como lingüista y filólogo. Entonces él leyó una especie de crónica familiar centrada en su empleada analfabeta que, al contrario de Tránsito, no se acordaba de los números ni de los mensajes, y así cuando él volvía de un viaje y preguntaba si lo había llamado alguien, ella le decía: «No, don Héctor, no lo llamó nadie. A usted ya no lo llama nadie».

Pero sigo con el trasteo en la casa de Chapinero, pues hay que decir que también Abundio fue fundamental, y esto por un motivo muy preciso: durante los primeros días, y lo digo sin exagerar, hubo un promedio de diecisiete personas trabajando simultáneamente en la casa. Cualquiera que haya tenido a su cargo a más de una docena de trabajadores con los que uno no está familiarizado, y más siendo de diferentes empresas, comprenderá las dificultades e incluso los peligros que esto conlleva.

Abundio se encargó de asegurar que los pintores y los transportistas estuvieran cada cual en lo suyo y que, como se dice vulgarmente, no se pisaran los cables ni mucho menos que hicieran esas amistades laborales que muy rápidamente se transforman en riñas que perjudican el trabajo. También supervisó lo referente a su propio cuarto de estar, como es apenas lógico, compuesto por un sofá amplio en el que puede dormirse una siesta, y una mesa para hacer los crucigramas del periódico, tomar tinto y, ocasionalmente, jugar naipes con Tránsito. Hay un armario de pared para las chaquetas y uniformes de trabajo que él mismo ha ido reuniendo. Mi tía jamás le habría pedido ponerse una gorra o una librea, pero él, por su propio gusto, consiguió un uniforme de capitán de choferes en paño negro, y a veces, al llevarnos a cenas especiales —cosas ya del pasado—, se lo ponía, con la casaca negra, camisa blanca y corbata.

Al verlo, mi tía le decía:

—Abundio, ¿qué es esa pinta? Van a creer que soy una vieja pendeja que se cree la reina de Inglaterra.

Pero él le contestaba:

—Nadie va a pensar así, doctora, y perdone, que además yo este vestido no me lo pondría para la reina esa a la que no le perdono la frialdad el día del entierro de lady D… ¡Qué va, doctora! Esto lo hago es por usted, que le da como cinco vueltas a esa señora inglesa.

La tía se reía y le decía:

—Bueno, Abundio, se lo acepto, y no se le olvide que yo estoy en contra de la monarquía.

—Como usted diga, doctora. ¡Contra las clases ociosas! Y más con esos vestidos de colorinches tan feos, ni que fuera pobre.

—Ay, Abundio, qué bobada es esa… La ropa pobre no es fea.

—Ya sé, doctora, si yo la uso todos los días. Es sólo una forma de hablar.

La historia de Abundio también merece su espacio.

Había nacido en Muzo, tierra de esmeraldas, y como la mayoría de los varones de la región comenzó trabajando en las minas. Me lo contó todo una tarde mientras me llevaba al aeropuerto para uno de mis viajes de trabajo de campo.

—En la época en que yo comencé, todo estaba muy organizado por don Víctor —dijo refiriéndose a Víctor Carranza, el zar de las esmeraldas—. Uno llegaba y le decían, ¿quiere trabajar?, preséntese allá, firme aquí, deje su número de cédula y la dirección y el teléfono suyos y de sus papás, también los de la esposa, si es que tiene, y yo dije sí, sí señor, sí tengo, y puse todos los datos en una planilla. En esos años me acababa de casar con Eduviges y teníamos ya a la niña, las había instalado en Chiquinquirá, para que pudiera trabajar en un almacén de telas y que Marielita fuera donde las monjas, y así fue, luego me presenté ante el capataz de la mina y me aceptaron en uno de los turnos, el de dos a diez de la noche.

Al decir esto, Abundio se bajó las gafas hasta la nariz y me miró, como midiendo mi atención.

—Lo de la mina era cosa seria, señor. Había que bajar por un ascensor manual a la veta, que estaba como a ochocientos metros en una y a mil seiscientos en las demás. Al llegar abajo otro capataz nos requisaba y después íbamos hasta el corte, y ahí empezaba el trabajo, picar y picar la roca con linterna y casco, con unas telas alrededor del cogote para evitar que se le metieran a uno por el cuello la tierra y el cascajo, porque son fríos y pueden dañar los pulmones. Como eso está debajo del lecho del río, porque es ahí donde está la esmeralda, es también muy húmedo. Así se estaba uno las ocho horas hasta que sonaba un pito y había que formar en la bóveda de entrada, salir del corte y esperar a que los capataces lo cerraran con portones de aluminio y hierro, para que nadie se metiera sin vigilancia. Por las noches no se trabajaba, aunque claro, lo de la noche allá abajo no quiere decir nada, pero lo hacían dizque para dejar reposar las vetas. Había que hacer series de veinte días seguidos, sin descansar, y luego uno se iba para la casa una semana. Eso era muy desgastador porque la comida era mala, sin proteína, de desayuno agua de panela con pan negro, de almuerzo arroz con habichuelas, jugo de guayaba que era un aguachirle azucarado, y de comida sopa de arroz o de pasta, nada más, carne nunca, ni imaginarla. El compromiso de la mina era darnos comida y dormida. A cada uno le asignaban un catre en cuartos de a ocho, pero uno tenía que llevar su papel higiénico, su dentífrico y cepillo, sus instrumentos de aseo, en fin, las mudas y lo que uno quisiera tener. Al lado de cada catre había un baúl al que se le podía poner candado, aunque la verdad es que allá

43

nunca se perdía nada ni podía perderse, eso los hombres de don Víctor lo dejaban muy claro. Al que la cagara lo montaban en su Toyota y ya no se volvía a saber nada de esa persona, o de ese grupo si eran varios, y bueno, no le he dicho algo importante y es que el trabajo era sin sueldo, el trato con la mina era que uno recibía un porcentaje de lo que se sacara, pero si no salía nada uno no ganaba. Imagínese eso, señor. Y lo mismo con la enfermedad, porque no había seguro médico ni Sisbén ni esas vainas de hoy. Sólo había plata si se encontraban piedras, y entonces, ¿se imagina esa vaina, señor? Estaba diseñado para que uno se robara lo que sacaba, pero ay, hijuemadre, ahí estaban los capataces, unos manes bien duros, curtidos, gente mala que andaba armada, que venían de las autodefensas, berracamente peligrosos.

En este punto, Abundio encendió un cigarrillo y aspiró profundamente una calada antes de seguir con su historia. Era la época en que fumar dentro de un carro era normal, y claro, no lo habría hecho con mi tía, que odiaba el cigarrillo, pero conmigo sabía que no era un problema.

—Al salir de la veta a uno le miraban los bolsillos, y no se podía entrar con nada en la mano, pero claro, uno podía meterse entre el calzoncillo algún lucerito o una chispita que al salir uno vendía por diez o doce mil pesos de esa época, que es como decir doscientos mil de hoy, y eso todos lo hacíamos, porque si no, ¿de qué vivía uno? Eso sí, tocaba guardarlas hasta que pasaran los veinte días de trabajo y venderlas lejos, no en Muzo sino en Chiquinquirá, porque en Muzo había informadores de don Víctor por todos lados y era peligroso. Una vez unos mineros sacaron unas piedras y las vendieron ahí mismo, en Muzo, y como eran jóvenes e inexpertos se fueron de fiesta a los burdeles, que allá hay muchos, dicen que los mejores de Colombia, y ahí los agarraron. Los tipos se emborracharon y escogieron buenas mujeres, seguro paisas, que son las mejores y las más caras, y de una vez fueron pidiendo segunda botella de Old Parr para invitar a las nenas y cosas así, pero claro, en todos esos sitios las mejores viejas son novias de los capataces y siempre los llaman y les pasan información, vea, que aquí están dos gastando mucho, y antes de que los tipos se dieran cuenta ya les habían mandado su Toyota, obvio, ¿de dónde iban a sacar plata esos muertos de hambre? Pues de la mina, de dónde más. Y si lo que les encontraban era poco a veces los dejaban seguir, eso sí, después de un buen susto, pero si era por una piedra grande el problema se iba a mayores y ya el minero no volvía. Fue lo que les pasó a esos dos. No se supo más de ellos, como que les metieron un balazo en la nuca, y según me dijeron iban y los tiraban allá por los lados de la carretera al Llano, al fondo de una cascada. Por eso cuando yo encontraba algo, una chispita buena o un lucerito, lo que hacía era esconderlo y esperar el final del turno. Con eso daba apenas para el mercado, pero así vivíamos con Eduviges, y así pasaron, imagínese, señor, diez años, trabajando así, como un esclavo, hasta que pasó algo, una especie de milagro, o mejor dicho, hasta que la Virgen se acordó de nosotros. Venga le cuento.

Abundio hizo otro silencio teatral, esperando un gesto mío, así que le dije, ¿un milagro?

—Sí, ni más ni menos. Lo que pasó fue que el socavón de la mina, por estar cerca del río, vivía llenándose de agua, y para evitar que se inundara había que meterle tres motobombas diésel de desagüe y tenerlas encendidas día y noche, sobre todo en época de lluvias, que le aumentaban el caudal al río. Para eso había turnos, porque había que hacerles mantenimiento. Las motobombas tienen un sistema de flotador parecido al de los sanitarios, que se traba con el barro y deja de chupar agua, por eso hay que estarlo limpiando. Una noche me tocó a mí hacer el turno y ahí me quedé, toda la noche, hasta las seis de la mañana, cuidando que las mangueras no se taponaran, que el motor estuviera bien, que el nivel del diésel no se pusiera en rojo, en fin, en esas estaba cuando me dije, ¿qué habrá por el corte? Dejé la motobomba y me fui a mirar, y la primera sorpresa fue que las puertas metálicas no estaban cerradas con llave, apenas ajustadas, así que entré y saqué mi punzón y empecé a escarbar. Al principio caía era pura tierra verde, que allá llamamos «mierda de loro», hasta que al fondo aparecieron dos luceritos muy bellos. Luego varias chispas y pensé, carajo, esto va bien. Me las metí al bolsillo y seguí dándole con el punzón hasta que de pronto la mano se me hundió y cayó en un hueco natural. Ay juemadre, pensé, porque en esos huecos siempre había buenas piedras. Lo iluminé, y claro, ahí estaba, una belleza de piedra, como un huevo de codorniz de los grandes. La saqué y volví a verla ya seca y limpia, bien verde y de un tipo que yo no había visto nunca en diez años de minería. Limpié el punzón y me la guardé, cerré los portones y me devolví a donde las motobombas.

Cuando se acabó el turno me guardé todo el botín entre los calzoncillos, pero casi ni me revisaron y salí tranquilo, aunque con un susto el berraco. Me tocó trabajar en la mina otros cuatro días con eso ahí guardado, ¡sin poder ni mirarla!, pero al acabar me fui volando a Chiquinquirá y pude apreciarla bien, era una joya, mejor dicho, mi vida estaba ahí en esa piedra, entonces decidí no llevarla ni siquiera a pesar, porque a veces los dueños de las quilateras también son informadores de don Víctor y no me faltaba sino que me mandaran un Toyota hasta Chiquinquirá. Me quedé quieto. Le dejé la piedrita a Eduviges, le dije que la escondiera en el cajón de su ropa interior, y cuando pasó el descanso volví a la mina, no fueran a sospechar. Volví a trabajar como si nada, pero al tercer día empecé a quejarme de dolores en el pecho y en el brazo. Yo sabía qué tenía que decir para que los de la enfermería se inquietaran. Había visto a un minero al que le dio un infarto en el socavón y así empezó, entonces les fui diciendo, me duele acá, sigo con el dolor, me duele respirar, hasta que uno de los capataces vino al catre y me dijo, vea, Abundio, si está tan enfermo no vale la pena que se quede aquí, váyase para su casa más bien y se cura, porque así no va a poder trabajar y sale es perdiendo, usted sabe que a nosotros no nos gusta tener problemas, ¿me entiende? Era lo que yo esperaba, así que le dije, bueno, y me fui, incluso dejé mis enseres, mi jabón y mi rollo de papel *toilet* para que no sospecharan, y al volver a Chiquinquirá le dije a Eduviges, bueno, ahora sí nos vamos. Un pariente de ella que vivía en Bogotá me había ayudado a hacer algunos contactos, y con la plata de los luceritos me compré una quilatera barata, de segunda. Pesé la piedra y me dio 120 quilates, imagínese eso, señor. Luego, ya en Bogotá, negocié a cien mil pesos por quilate, como un millón de hoy, y así fue como nos instalamos acá, compré primero la casa, allá en la calle 185, sobre planos, y luego un taxi. Con eso empecé a trabajar hasta que un día, por pura suerte, su tía me paró y me contrató por todo el día, y luego me volvió a llamar, así por un tiempo. Usted a lo mejor no se acuerda de eso, estaba chiquito. Como un año estuve así, trabajándole con mi taxi. Ella no quería comprar un carro por lo que viajaba mucho, se iba del país a cada rato, pero al final se decidió a comprar uno y conseguimos el Studebaker. Una belleza. Y ya me quedé con ella de chofer y le di mi taxi a un hermano de Eduviges, que me lo trabajaba. Me expandí, porque a los pocos años compré otro taxi. Y así hasta hoy, ya con la niña profesional y casada, una vida completa que empieza ahí, en ese socavón esa noche. Un milagro.

Se quedó en silencio, su rostro se pigmentó de una inusual y muy sombría tonalidad. Al verlo, supuse que se avecinaba un golpe final.

—¿Y sabe lo que me pasa, señor? A veces pienso en la gente que se quedó allá abajo, en los que no encontraron nada. Me acuerdo de un William, de otro llamado Norberto, de Faustino. Eran amigos míos, nos contábamos la vida por las noches, antes de apagar la luz. Eran mis compañeros de barraca. ¿Dónde estarán ahora? Seguro que ahí mismo, pero con los pulmones reventados, o a lo mejor ya muertos. ¿Qué habrán pensado de mí? Creerán que me morí, o quién sabe.

Se harán preguntas o a lo mejor ni eso, allá uno se acostumbraba a que la gente pasara y se fuera, y nadie hacía muchas preguntas. Claro que yo estuve diez años pero eso no servía de nada, uno no escalaba en la jerarquía ni se le mejoraban las condiciones. ¿Sabe lo que me pasa? Que cuando pienso en todo eso me da miedo. Me da por pensar que esa noche hubieran llamado a otro, o que yo no llevara el punzón, o que las puertas de la veta estuvieran cerradas. Era tan fácil que nada de eso pasara... Porque sin esa piedra todo lo que tengo en la vida, hoy, no existiría.

Le dije que a todos nos pasa lo mismo y que uno sólo conoce la versión de la vida que le tocó vivir, y pensé, para mis adentros, que en mi caso fue al revés: el hecho central de la mía no fue feliz sino trágico, y por eso, por una cosa fortuita, perdí una vida que desde entonces no tengo y que sólo fue mía hasta los seis años. La que me quedó, al lado de mi tía, es una vida de reemplazo. Un eterno presente sin destino que voy llevando al filo de cada día, como quien empuja distraído el carro del supermercado.

Pero volvamos al trasteo de Chapinero, pues Abundio, además, supervisó que se instalaran los aparadores y los dos mesones de licores, el del salón de mi tía y el de mi biblioteca, y estuvo muy atento a detalles como que ninguna de las botellas se quebrara o perdiera, cosa que se puede considerar un milagro en una faena de este tipo. Todas sobrevivieron, y, en general, gracias a su celo no hubo un solo mueble roto, ni siquiera rayado.

La tarea de ubicar algunas cajas y baúles en el sótano, al que se accede por una puerta que está debajo de la escalera, también fue asignada a nuestro chofer. Ahí están los enseres de la casa que hemos querido conservar pero no a la vista. Si hubiera que verlo en términos temporales, estos representarían el pasado remoto. Algunas cajas están numeradas y tienen nombres escritos en tinta ya vieja: «Desván Bratislava», «Adornos madera», «Juegos de salón», «Miscelánea», «Retratos y documentos», y muchos más. Ahí está, por ejemplo, un viejo maletín de mano en cuero ya endurecido en el que mi tía guarda bajo llave su más antigua correspondencia y algunos cuadernos de notas. Sé que ahí, entre esas cartas, hay algunas referidas a mí que ha preferido mantener apartadas, algo que he respetado a pesar del paso de los años. Mi tía, que no esconde nada, me habló de ellas y fue muy sincera.

—Hay cosas que te pueden confundir, pero te pertenecen. Sólo pido que las leas después de que yo muera. ¡Tendrás todo el tiempo del mundo!

Cuando al fin pude leerlas sentí el amor con el que estaban escritas y entendí sus razones, pues permitían comprender, entre otras cosas, el insólito hecho de que dos personas como ella y yo, separados por la edad y de algún modo perdidos en el tiempo, hayamos acabado viviendo juntos una vida de prófugos, tanto en Colombia como en otros países, hasta volver (o llegar) a esta casa.

Nuestra casa en Bogotá.

Pasemos ahora al comedor.

5. El comedor

Mi tía y yo no tenemos la costumbre de desayunar juntos y por eso, en las mañanas, nunca bajamos al comedor. Ni en las anteriores casas ni, por supuesto, en esta nueva, que ya empezamos a habitar. Tránsito nos lleva el desayuno a la habitación, de modo que en las primeras horas del día cada uno se queda en su mundo, confinado en su zona de la casa. A veces, ya entrada la mañana, la escucho cuando pide algo o llama a las enfermeras, pero es una voz que llega de muy lejos.

Suelo despertarme a las siete y la verdad es que a esa hora no sería capaz de tener una charla con nadie, ni siquiera con ella. Mi tía me enseñó a mantener y respetar esa distancia. Cuando vivíamos en otras ciudades me preparaba solo para ir con el chofer al colegio y no la veía hasta la tarde.

—No te acostumbres a ver la realidad con mis ojos, que ese no es tu mundo —solía decirme—. Tienes que aprender a conocer el tuyo y vivir en él.

Esa frase, como tantas otras, fue a parar a uno de mis cuadernos. Tengo decenas de libretas con reflexiones o comentarios suyos sobre infinidad de temas, pues su inteligencia siempre me deslumbró.

Por eso las mañanas son un tiempo de trabajo y soledad. Antes, cuando era más joven, le daba a la noche un valor romántico, algo típico de los poetas (sin serlo). Me sentía un héroe cuando trabajaba hasta las cinco de la mañana y creía que ese gesto valeroso le daba a lo escrito un brillo especial. No era así, por supuesto. Hay cosas que uno sólo aprende con el tiempo.

Hoy me gusta empezar el día leyendo periódicos —unos en papel, otros por internet— mientras tomo un café con leche acompañado de un *croissant*. De las temporadas europeas me quedó la costumbre del desayuno sobrio, tan distinto del anglosajón de huevos con *bacon* y salchichas o fríjoles en salsa roja, y ni hablar de los criollos huevos pericos con cebolla y tomate —deliciosos, no lo niego—, la changua o las terroríficas costillitas de cerdo y demás expresiones étnicas que, aparte de irritar mi estómago, disparan la presión arterial y el colesterol. Mejor mis tostadas integrales.

Luego, tras el gozoso tiempo del baño, me dirijo a la biblioteca a encarar el segundo tercio de la mañana, aún en bata, cual Phileas Fogg sabanero, y todavía puede que le dedique una hora o más a la lectura de algún libro empezado la noche anterior, si lo amerita, antes de sentarme a la mesa entre mis diccionarios, montañas de notas y apuntes, para avanzar en mi trabajo la cuota de páginas mínima, y si hay suerte, ir un poco más allá.

Mi tía, en cambio, requiere más tiempo para salir del sueño, por eso las enfermeras que la tratan deben ser personas sensibles, que no la obliguen a dar pasos bruscos y sepan leer en su estado de ánimo el mejor modo de sobrellevar la mañana. Para ella el desayuno ideal es también el mediterráneo, pero agregándole jugos de frutas sin azúcar o fruta picada con yogur, que le dé fuerzas sin subirle el nivel de glicemia. Es ahí cuando toma el primer café del día, que debe ser, además, amargo, según su gusto. Como buena exfumadora conserva el placer de esos tintos mañaneros que antes acompasaba con sus Dunhill, de los que llegó a fumarse una cajetilla diaria.

Me disponía a hablar del comedor del primer piso en este capítulo, pero ya se ve que es un espacio que no usamos casi nunca, pues la mesa de roble macizo de doce puestos, los sillones y candelabros, el aparador lateral con copas y cubertería, más los otros muebles auxiliares, requieren como mínimo una media docena de comensales. Los dos solos en este lugar tan majestuoso y servidos por Tránsito, con un hilo de música y el crepitar del fuego en la chimenea, es una imagen ciertamente ridícula, anacrónica, que sólo tendría sentido en algún filme de época, como esa escena de *La piel*, de Liliana Cavani, en la que dos personajes solitarios, en medio de la catástrofe y los bombardeos de la guerra, se sirven vino en jarrones de plata y hablan en voz baja, como para no atraer o hacerse notar de la fatalidad.

Por eso hemos optado desde hace ya bastante por el comedor privado en su salón del segundo piso, con una mesa redonda en la que dos personas o incluso tres pueden estar cómodas. Con los años, además, prescindió de su antigua costumbre de funcionaria internacional de vestirse para la cena, algo que en nuestras cavernas bogotanas estaría fuera de lugar, así que lo único que hace es refrescarse la cara y retocar un poco su atuendo. Pero esto es ahora, se entiende, pues en otras épocas el comedor llegó a ser la parte más importante de la casa.

De las muchas cenas, cocteles y recepciones que ofreció en sus innumerables casas recuerdo especialmente una, en Bratislava —cuando asesoró al que entonces era aún gobierno checo en esa región, por un diferendo limítrofe con Hungría—, en la que una docena de comensales casi logran lo imposible, que era acabar con la provisión de vodka de nuestra despensa, y esto para gran alarma de Lazlo, el cocinero polaco, que por supuesto esa noche fue el primero en embriagarse. Yo tenía apenas catorce años, lo que me permitía pasar del salón a la cocina sin llamar la atención, y lo cierto es que esa noche, por primera vez, me emborraché. Lazlo me sirvió cada uno de esos primeros tragos de vodka en un vaso grande, con hielo y rodajas de limón.

—En mi pueblo los hombres aprenden a beber mucho antes que tú, yo me emborraché por primera vez a los once años —me dijo—, y el único secreto imprescindible es beber despacio pero en forma continua, de modo que el cuerpo siempre esté caliente.

Lazlo, un tipo dicharachero y amable, decidió esa noche, motu proprio, convertirse en mi maestro y guía en dos de los más misteriosos y necesarios asuntos de la vida de un hombre: el alcohol y las mujeres.

—Te voy a enseñar algo, jovencito: el vodka es lo mejor que existe para abrir y lubricar el sexo de las eslavas,

¿por qué crees que bebemos con tanto ritmo? La eslava es una mujer bella pero un poco fría, no olvides esto nunca. Por eso necesita un poco de calor. Igual que los plomeros, que deben calentar los tubos antes de meterles la mano. El sexo es la plomería del cuerpo. La teoría de los fluidos del cuerpo. El vodka también ayudará a que tu pequeño y tímido soldado… ¡se convierta en general y no tenga miedo del invierno! Las eslavas conservan allá, en lo más hondo, algo del viento frío de los Urales y por eso necesitan un buen cirio pascual, un tótem erguido, un *phallus* de roca volcánica que no pierda su calor y su energía, ¿lo comprendes? Es un problema de termodinámica. Cuando lo metes dentro de una eslava la temperatura de tu cuerpo baja tres grados Celsius, esto es científico. No lo digo yo, que soy un vulgar cocinero, aunque con título de ingeniería clínica. Lo dicen los que saben…

En ese momento, uno de los meseros entró con gesto de pánico. ¿Qué pasaba? El suplente del alcalde quería algo llamado Armagnac, ¿había? Por supuesto, le dijo Lazlo yendo a la despensa por el carro de licores. Extrajo una botella de Colombard Millesimé y se la entregó al joven, recomendándole que no lo sirviera como si fuera vodka de plaza de mercado.

Luego siguió hablándome.

—¿Sabes tú lo que es el PRF? ¿No? Pásame tu vaso y siéntate, es algo que a tu edad no tienes aún por qué saber, pero que el viejo Lazlo te va a enseñar ahora mismo. Espera controlo que todo esté bien en el comedor, OK, la gente está bebiendo de lo lindo, el consejero de asuntos territoriales está recitando versos del Neruda checo, la secretaria de Cultura lo observa con ojos brillantes y se acaricia las piernas por debajo de la mesa, muy bien, joven, *horoshó*, la cena promete, así que te voy a enseñar qué diablos es eso del PRF, algo fundamental en la anatomía de las mujeres porque tiene que ver con su órgano central, me refiero a su vagina, y es algo médico, no vayas a creer, se llama el Punto de Resistencia Flexible o PRF, ¿y en qué consiste? Cada vagina o vulva tiene su propio PRF, un coeficiente que se calcula sobre la base de dos fuerzas contrarias: la resistencia que opone a dejarse penetrar y la flexibilidad para permitirlo. Esto arroja una cifra que determina el placer en la frotación interna del *phallus*, tanto para el hombre como para la mujer.

»El PRF se suele medir de 1 a 30, siendo 1 el nivel más alto de flexibilidad (cercana al punto de dilatación en el parto) y 30 el de mayor resistencia o cierre, equivalente al estado de reposo. Para que te hagas una idea, una joven deportista de dieciocho años puede tener un PRF de 24. Después del parto las mujeres suelen perder entre 6 y 9 puntos PRF. Algunas tienen 26, pero son realmente muy pocas. Los estudios dicen que la relación sexual óptima se da con las siguientes proporciones: un pene de 19 centímetros en erección (media eslava), ancho y ligeramente curvado, en vulva PRF 19. Esta proporción se mantendría con pene de 18 centímetros y vulva hasta un PRF 22, pero no más allá, pues no es exponencial. A esto se le llama "proporción áurea" y dice la leyenda que cuando una pareja la tiene los cuerpos se detectan e inducen a sus propietarios a la cópula. Hay quien llama a esto "amor a primera vista".

»Ahora bien, algo viene a sumarse, jovencito, y es el llamado *"phallus* palpitante"*, un caso de disfunción cerebral en el que las "neuronas espejo" se reproducen y retroalimentan a partir del estímulo erógeno, causando una suerte de *big bang* en el córtex y que da como resultado, en el acto sexual, que la irrupción de la sangre en el tejido cavernoso se duplique, provocando un curiosísimo bombeo estático, simultáneamente expansionista e inhibitorio, que es lo que se conoce como "efecto de pene o *phallus* palpitante", similar al de algunos vibradores monofase. Cuando esto se suma a la "proporción áurea", es normal que la mujer presente en el orgasmo episodios de demencia alucinatoria, espasmos en cadena, pérdida de la noción espaciotemporal e incluso desmayos».

Pensé que Lazlo había terminado y apuré el vaso de vodka, sintiendo que una bola de fuego me quemaba el estómago. Mi mente ya empezaba a rodar por una agradable cuesta etílica, cuando aseguró: «Estas cosas son pura ciencia médica, jovencito, debes tomarlas muy en serio, y ahora que lo sabes, entenderás lo que te digo de las mujeres eslavas: cuentan con un PRF muy alto que, curiosamente, no tiene que ver con la distensión muscular sino con la temperatura interna del cuerpo, una señal que el sistema nervioso, exactamente el bulbo raquídeo, trasfiere al saco de Douglas y este al prepucio del clítoris, que hace de termostato e inhibe la relajación. De ahí la importancia del vodka en las regiones eslavas, ¿lo comprendes ahora, muchacho? Cuando tengas que vértelas con una mujer de estas tierras, no olvides tener a la mano unos doscientos gramos de vodka, con eso será suficiente».

Preferí no revelar que, a pesar de mis catorce años, ya me había acostado con una eslava, y además polaca —esto lo contaré más adelante—, y que su temperatura interna me había parecido correcta y muy sabrosa, realmente apetecible, pero no quise poner en duda su extraña teoría. Pensé más bien que Lazlo era un hombre solitario, ingeniero titulado en la Universidad de Varsovia pero que se pasaba las horas del día entre despensas y sartenes, sabores y teorías culinarias, y que debía ser justo ahí, ayudado por el vodka, que concebía sus propias revelaciones científicas en medicina y anatomía.

Cuando Lazlo acabó, oímos un estruendoso aplauso. Corrí a asomarme a la puerta y vi a la secretaria de Cultura y a la ministra interina de Medio Ambiente subidas a la mesa, sin zapatos, haciendo un baile sinuoso al ritmo del acordeón y levantando sus faldas bastante más allá de las rodillas. Por eso, y sin duda interpretándolo como una muestra de disponibilidad sexual, el secretario de Finanzas de la Universidad de Bratislava y Zilina y el viceministro de Agricultura aplaudían a rabiar, con las mejillas enrojecidas por el Armagnac y el vodka y los vinos del Rin, hasta que mi tía, siempre muy sabia, los invitó al balcón a fumar puros y beber otros digestivos frente a la sombra inquietante del Danubio, evitando así que su cena se transformara en un cabaret *burlesque* y continuara siendo una reunión formal de autoridades y funcionarios públicos, ante la sobria e imponente vigilancia de la ciudad, cuyas luces principales estaban ya apagadas, con excepción de algunas pocas: las de esas estudiosas ventanas que permanecen toda la noche encendidas.

Y ahora, el segundo piso.

6. El segundo piso

Es casi imposible mirar una escalera sin imaginar a alguien que cuenta bisbiseando los escalones mientras sube, tal vez acezante o encorvado por una larga caminata previa, aún con la chaqueta y el sombrero puestos, si no se tuvo la precaución de dejarlos en el perchero de la entrada. Una escalera con un peldaño que cruje y que en la madrugada es mejor saltar para no delatarse aunque haya que tomar impulso, con peligro de oprimir demasiado el anterior y caer con estrépito en el de más arriba.

O a alguien sentado en el tercer peldaño mientras fuma un último cigarrillo y hace el balance de la jornada, rememora culpas y hazañas o sencillamente constata una vez más la terrorífica normalidad de su propia vida antes de ir a acostarse con sigilo o con vergüenza o con rabia.

Historias de escaleras que suben, no siempre hacia el cielo.

En nuestra casa, el segundo piso se inicia con un amplio vestíbulo del que sale un corredor que se pierde hacia el fondo. Tiene dos puertas laterales. Una es la de mi biblioteca, que a su vez comunica a mi cuarto, y la otra, al frente, la del dormitorio de las enfermeras (cercanía que tendrá sus consecuencias). Aparte de los estantes de libros, hemos puesto ahí un sofá, una mecedora de mimbre y algunos adornos de nuestros viajes y correrías por el mundo. Está, por ejemplo, una cabeza de cebú en madera que compramos en Kerala, al sur de India, con sus extraordinarios cuernos color rojo y su mirada lejana e impasible, como la de Buda. Junto al sofá mi tía puso un canasto con revistas de arte y catálogos de exposiciones, suponiendo que los únicos que alguna vez se sentarán ahí —ella y yo nunca, obviamente— serán quienes vengan para una cita con alguno de los dos, sobre todo personal médico o contable, por lo general empleados que van y vienen por la ciudad haciendo consultas y llevando oficios, con poco tiempo para detenerse a leer. Pero mi tía, al elegir esas revistas, pensaba justamente en ellos.

—Para que se cultiven con los rosados de Tiépolo o el *Cristo* de Mantegna, ¿dónde si no van a poder verlos?, o para que se ablanden, si es que vienen a hacer alguna reclamación pendeja.

Dos ventanas redondas, como ojos de buey o de cebú, asoman desde ahí al parque, y una puerta de reja y vidrio da a un pequeño balcón de dos cuerpos, justo encima de la puerta, que parece diseñado para que dos amantes miren en éxtasis el recodo de un río o uno de esos paisajes lejanos y azulados que hay al fondo de los cuadros renacentistas, con fantásticas ciudades y peñascos en medio del mar. Desde ahí los atardeceres bogotanos parecen más intensos, como una emanación de los tejados al otro lado del parque, o incluso más allá, de las azoteas de ese mar de edificios negros y comidos por el hollín que es la zona de Chapinero a la altura de la séptima.

En el corredor que sale del vestíbulo pusimos una talla en madera de san Francisco de Asís que debió pertenecer a una iglesia de pueblo y que conseguimos hace años en las Antigüedades Cancino. Su sombra en la noche parece un soldado que vigila el paso hacia las habitaciones del fondo, que son las de mi tía. A medio camino de ese corredor, sobre el costado izquierdo, hay una puerta que ya fue condenada por los anteriores propietarios y que yo decidí dejar así, por respeto a algunas obras literarias, sobre todo de Cortázar y algo impreciso de Poe. Si decidiera abrirla, comunicaría con mi cuarto.

7. Mi cuarto

No he dicho aún que mi tía era la única hermana de papá, y que cuando él y mamá murieron en el incendio ella se hizo cargo de mí, su único sobrino y pariente. Esto pasó cuando tenía apenas seis años y desde entonces estamos juntos y sobre todo solos, aunque decir esto no sea del todo correcto desde el punto de vista gramatical. Al estar juntos ya no se puede decir de ninguno de los dos que esté solo, y además nuestra vida ha sido intensa y muy variada. Hemos viajado por decenas de países y conocido a mucha gente, incluso establecido relaciones duraderas y en algunos casos fraternas, aunque sin perder de vista algo esencial y es que a la hora del atardecer, por decirlo así, siempre volveríamos a estar ella y yo.

Nada más que los dos.

Soy poco dado a hablar de lo que pasó, pero esta memoria pretende dar cuenta de algunos aspectos de mi vida en una forma sencilla, y sin ese enorme acontecimiento nada de lo que diga tendría sentido o podría comprenderse. Lo diré brutalmente: el origen de mi orfandad fue un devastador incendio. Por algún motivo que desconozco, mi casa de infancia[1] fue consumida por las llamas, se transformó en bola de parafina, explotó en el aire y ardió hasta desaparecer. Mamá habría podido salvarse, pero se aventuró hasta mi dormitorio, donde al parecer yo dormía o jugaba, me alzó y, saltando brasas, quemándose los pies de corredor en corredor, logró llegar hasta uno de los cuartos que daban a la calle y desde ahí, haciendo un último esfuerzo, me lanzó hacia fuera. Pero ella quedó agotada, entre la humareda y las llamas. Resbaló, cayó al suelo y quedó inconsciente. Los bomberos no habían llegado aún y entonces papá, que estaba afuera alertando a los vecinos y pidiendo auxilio, se internó en las llamas para salvarla, justo en el momento en que una parte del segundo piso se derrumbó.

Papá quedó sepultado por una masa ígnea de maderas y planchas de cemento. Rescataron sus huesos tres días después, cuando removieron los escombros y se pudo completar la demolición. Ese fue el inicio de mi otra vida: un pequeño fuego que se convirtió en devastador incendio y que acabó con mi mundo, lo transformó en cenizas y en un extraño recuerdo que no acabo de aferrar, pues está hecho de historias oídas e intuiciones. Al perder esa primera casa anduve exiliado la mayor parte de mi vida, como un sedentario Ulises que en lugar de combatir polifemos y sirenas entre aterradores paisajes mitológicos pasó su errancia en bibliotecas, a la luz de muchas lámparas, siguiendo a mi tía de un país a otro, y sólo ahora, cercano a la cincuentena y con

1   No lejos de esta de ahora, sobre la calle 59.

64

esta nueva casa, siento que al fin regreso a algo que puedo llamar, parafraseando a Naipaul, mi lugar en el mundo.

La noche del incendio fui entregado a un oficial del cuerpo de bomberos, el teniente Johnny Ebenezer Azcárraga, quien a su vez debía registrarme en el Instituto Colombiano de Bienestar Familiar como menor huérfano y sin parientes. Un vecino que salió a mirar la catástrofe y que trabajaba ocasionalmente con Naciones Unidas conocía a mis padres y también a mi tía, y por eso, al verme como único sobreviviente, alertó al teniente y dijo que se encargaría de buscar a mi tía y avisarle. El oficial Azcárraga, impresionado por la magnitud de la tragedia, decidió saltarse las normas y no entregarme a una residencia estatal para huérfanos, sino albergarme en su casa. Su mujer, Fina Pastora, se ocupó de mí y me protegió hasta la llegada de mi tía.

Dicen que no hablé por varios días, lo que hoy me parece apenas lógico. Es un modo de negar la realidad, y es muy posible que sin el afecto de la familia Azcárraga no hubiera sobrevivido. Hay niños que mueren de tristeza. Por eso mi gratitud y la de mi tía por ellos fue siempre inmensa, y desde la muerte accidental del oficial Johnny Ebenezer, en 1994, a cuyo funeral asistimos, le damos una ayuda económica a la viuda, pues el deceso estuvo ligado a una negligencia profesional que, en opinión nuestra, no fue más que mala suerte, argumento que utilizó mi tía en su defensa legal pero que no prosperó contra el testimonio contrario de varios colegas y subalternos. Los hechos ocurrieron en el tercer piso de una discoteca clandestina, en la zona de la avenida Primero de Mayo, y al parecer Johnny Ebenezer dio una orden errada, saltándose las normas de seguridad, que llevó a la muerte a tres de sus hombres y a él mismo. Aseguraron bajo juramento que estaba borracho al atender el llamado de urgencia. Puede que fuera cierto, pero eso para nosotros no cambiaba la esencia.

Pero volviendo a mi propia tragedia, cuando al fin mi tía llegó a Bogotá desde Ucrania, donde vivía en ese momento, se agachó a la altura de mis ojos, me acarició la barbilla y me dijo:

—Desde hoy vamos a vivir juntos, seremos una pequeña familia y ya verás cuánto nos vamos a divertir.

Dicho esto cogió mi mano y salimos a esa dolorosa intemperie que fue para mí Bogotá. Llovía, hacía sol, llovía. Las calles estaban húmedas y el cielo se reflejaba con intensidad en los charcos y en la hierba mojada. Dice mi tía que en ningún momento lloré. Mi infinita soledad consistía en ver el mundo reflejado en los charcos de agua, en los andenes mojados. Me negué a mirar hacia arriba, allá donde estaban el cielo y las nubes y la lluvia. Tal vez comprendí, desde esa joven edad, que en ese cielo ya no había nada para mí.

Una semana después estaba viviendo en Kiev.

Mi dormitorio era un cuarto muy grande que miraba a un parque invernal. Ahora eran la nieve y el hielo los que reflejaban la poca luz del día, pero yo me sentía más seguro en esa penumbra. Al revés que a los demás niños, la oscuridad me traía un cierto alivio. El mundo parecía menos inhóspito cuando no podía verlo con total claridad.

Mi papá y mi tía, hermanos mellizos, tenían poco contacto directo pero, como suele suceder, estaban secretamente unidos y parecían comunicarse sin necesidad de hablar. De cualquier modo, se escribían cartas con cierta frecuencia y cuando ella venía a Colombia los visitaba a diario, aunque brevemente y, en ocasiones, según ella, con larguísimos silencios que para mamá eran bastante incómodos, pues nunca los comprendió. Entonces hablaban sólo por ella y decían cualquier cosa. A veces era mamá la que tomaba la iniciativa preguntando a mi tía por asuntos de su trabajo, qué tal iba esto o aquello; su estrategia consistía en dirigirles el tema para que hablaran, en la convicción de que eso era lo que debían hacer dos hermanos que volvían a encontrarse después de un cierto tiempo de ausencia, y que de eso, del volumen de esas conversaciones, dependían no sólo el éxito de la velada sino también la idea de la unión y casi la armonía familiar, algo que ni papá ni mi tía necesitaban, pero al comprender su empeño le daban gusto y seguían las conversaciones sin darles mucha importancia. Para mamá las relaciones de parentesco eran muy valiosas, pues ella era hija única y tampoco tenía primos, como papá.

Papá era un tipo silencioso, algo que podía tener que ver con su dedicación a los libros y al estudio de la lengua. Su corta vida la pasó trabajando en estudios filológicos, sobre todo en el legado de Rufino Cuervo y Miguel Antonio Caro. Le gustaban las lecturas de largo aliento, de ahí su amor por Tolstói, Proust, Dickens. A Tolstói, el único cuya lengua desconocía, lo leyó en las *Obras completas* traducidas por Irene y Laura Andresco, a quienes mi tía y yo conocimos mucho después, en Ginebra, pues eran traductoras de Naciones Unidas. Tenía treinta y cuatro años cuando murió. Catorce menos de los que tengo yo ahora.

Mamá también estudió Filología, primero en Bogotá y luego en Alemania. Fue profesora de Idiomas y traductora de textos filosóficos para la editorial de la Universidad Nacional. Sus especialidades, según supe, fueron Wittgenstein y Habermas, aunque se interesaba también por autores franceses como Ferdinand de Saussure y sus seguidores de la escuela de Praga, sobre todo Roman Jakobson y Jan Mukarovsky. Era una persona culta y educada a la antigua. Se manejaba con corrección en el teclado de un piano y sabía apreciar un repertorio clásico. Conocía de memoria partes completas de la *Chanson de Roland* y era una gran bailarina, tanto de clásico como de *pop*. En poesía su predilección era Heine, al que leyó en lengua original, pero también Rimbaud, Lautréamont y Apollinaire. Le tenía un amor especial y desmedido a Albert Camus. En lengua española era lectora devota de León de Greiff, Rubén Darío y César Vallejo. A Neruda, tanto ella como mi papá lo tenían en un altar especial y consideraban que su poema *Tango del viudo* era la más perfecta descripción del desamor escrita en cualquiera de las lenguas del mundo. Antes de que yo naciera frecuentaron a algunos poetas colombianos, sobre todo a Cote Lamus y a Gaitán Durán, ambos ya fallecidos, también muy jóvenes. Mamá recitaba fragmentos de *Estoraques*, de Cote Lamus, con un tono melancólico que refería a esa temprana muerte.

Atesoro en la memoria algunas estampas de ella, siempre en actitudes amables y protectoras. También recuerdo su voz, que escucho con frecuencia en sueños. La de papá en cambio no, es extraño. La vida en aquellos tiempos era muy diferente, sin tantas fotos ni videos como hoy, pues no había celulares ni cámaras para fotografiarlo todo. Quienes tomaban fotos eran los fotógrafos, y sólo en paseos o eventos especiales. Por eso tengo tan pocas imágenes de ellos.

Ambos vivieron su vida, como yo, rodeados de libros.

Mi casa de infancia se caía de tantos libros y por eso ardió tan rápido, como una hoja seca de pergamino. ¡Y las viejas estanterías! Como ya dije, pienso con frecuencia en lo poco que faltó para que no ocurriera nada, absolutamente nada. No ha pasado un solo día de mi vida en los siguientes cuarenta y dos años en que no me haya repetido esto. De haber tenido otra suerte no habría siquiera imaginado la tragedia inconcebible que nos acechó, pero la moneda cayó del lado malo. Sólo con el tiempo y la ayuda del arte, el cine y la literatura, así como de mi pasión filológica —heredada de mi papá, puedo suponer—, he logrado salir adelante y pensar en otras cosas, aunque sin olvidar que cada minuto me aleja de esa primera casa y sobre todo de una infancia de la que fui expulsado abruptamente.

Mi dormitorio en Kiev tenía paredes blancas.

Este de ahora, el de la nueva casa, lo he hecho pintar de una tonalidad oscura del blanco, la llaman «hueso» o «lienzo». El blanco impoluto es irritante y, para mí, agresivo. Como estar delante de un foco de luz. Por una idea innata de la disciplina me gusta la austeridad y por eso mi cuarto es bastante simple: una cama semidoble, un sillón de lectura al lado de una lámpara de pie, mi vieja mesa de noche con espacio para una o dos torres de libros, una pared de armarios y, claro, otra de estanterías en esa biblioteca que, como una hiedra, se extiende por toda la casa.

Muy pocas veces a lo largo de mi vida he compartido mi cuarto. Las mujeres que han pasado por él se han ido rápido, algunas incluso antes del amanecer, lo que en muchos casos fue una demostración de cordialidad y buen sentido. He tenido noviazgos, como todo el mundo, pero ninguno llevó a una relación estable, lo que no quiere decir que hayan sido malos o estériles, y mucho menos trágicos. Muy al contrario. La verdad es que los he disfrutado casi todos. Pero el amor, en términos convencionales, no ha sido mi fuerte. Las veces que llegué a sentirlo fue tal el cobro que las mujeres en cuestión me hicieron por él, tan grosero el modo en que lo usaron para hacer exigencias absurdas y caprichosas, pueriles y estúpidas, que la verdad quedé curado y creo que de por vida. No pretendo generalizar al sexo femenino, tampoco soy tonto, pero las pocas féminas que tuve la mala suerte de amar se comportaron de modo indecoroso, como si el hecho de amarlas fuera un cheque en blanco o deuda a escala universal que les permitía, de repente y a partir de la primera noche, disponer de mí y exigir esperpentos.

Esto sin mencionar la cotidianidad, infestada de problemas, o esa patética obsesión por sentirse ofendidas a toda hora, como si no se notara a la legua que eran situaciones construidas por ellas mismas, jugadas de laboratorio para hundir más sus colmillos en la nuca de la víctima. Cuando las requería sexualmente no decían que no, pero antes sacaban ese apestoso portafolio que parecen guardar en sus cerebros donde están consignadas las quejas, discusiones, peleas antiguas, promesas incumplidas y pedidos ridículos. Sus bellas cabecitas eran como esos cuadernos de oficinas públicas en los que se registra la correspondencia, los llamados Consecutivos, donde todo está escrito con fecha y hora. «¿Ya se te olvidó esa cosa horrible que me dijiste hace un mes?». Son las armas que sus madres les dejaron para salir a la conquista del mundo: la intuición para la ofensa y esa mortífera hendidura en la región pélvica. Pero debo ser justo: así fueron las pocas que amé, pero no las otras, las que sólo fueron amantes. No excluyo que haya sido yo mismo quien las buscó de ese modo, con el inconsciente propósito de no llegar nunca a consolidar una relación que, evidentemente, contaminaría de modo brutal la apacible vida al lado de mi tía.

Ninguna de esas relaciones, por lo tanto, merece ser recordada.

Se comprende que soy un poco neurótico al respecto, ya lo he dicho, pero lo que sí he tenido son deliciosas aventuras sexuales, que en el fondo son lo mejor que pueden darse entre sí hombres y mujeres (soy heterosexual). En ellas está la verdadera libertad y, casi diría, el verdadero amor, o al menos el que expresa mejor y es más consecuente con nuestra condición humana, que no es otra que la soledad y la desesperanza.

Algunas de estas experiencias fueron con enfermeras que estuvieron al servicio de mi tía. La primera fue hace unos diez años, cuando ella empezó a sufrir vértigos nocturnos y requirió por primera vez atención las veinticuatro horas. Esto coincidió, además, con una ruptura mía bastante bochornosa, un psicodrama increíblemente vulgar que, como dije antes, me convenció definitivamente de no dejarme atrapar nunca más.

Vivíamos en el otro apartamento y como la tía no sufría aún de dolores dormía por intervalos bastante largos, y así fue que una noche, estando en mi mesa de trabajo, si no recuerdo mal desgrabando el testimonio de unos informantes de isla de la Tortuga, en Haití, sobre la *créolisation anglaise*, creo que era eso, escuché una mano femenina golpeando a mi puerta. Un toque suave en el que reconocí una cierta inminencia erótica, y luego una voz, «¿lo molesto, doctor?», dijo la enfermera, y yo, no, señorita, por favor, siga, y ella, muy tímida por ser joven, agregó, «¿será que me puedo servir una gaseosa de la nevera?», y entonces le dije, pero claro, con mucho gusto, no tiene ni que pedir permiso, y cuando ya se iba a retirar dando las gracias, le dije, sáquela de aquí para que no tenga que bajar hasta la cocina, tengo un minibar, una de esas neveritas de hotel que rellenaba regularmente con botellines de tres centilitros de vodka o ginebra, latas de gaseosa y botellas de agua mineral, y entonces se lo indiqué y ella se dirigió a él dándome la espalda, y al agacharse para abrirlo su camiseta se levantó y apareció ante mis ojos una lindísima cadera, tal vez la más linda que había visto en mi vida, una superficie muy fina y, seguramente, suave, «una bahía napolitana», en términos de Lezama Lima, y luego el inicio de dos esferas de carne apenas divididas por una raya y un triángulo azul, con la tira de la tanga metida entre la hendidura del trasero para hacer la escena aún más trepidante, y encima un tatuaje, un ideograma chino en tinta azul, y entonces, siendo yo el primer sorprendido, le dije, eternidad, eternidad, ¿es eso lo que dice, no es cierto? Eternidad.

Se levantó como un resorte y dijo, ay, doctor, qué pena, ¡se me salió todo!, sí, quiere decir eternidad, ¿y es que usted sabe chino o qué?, y yo le dije, no, pero conozco algunas palabras y sé cómo funciona, soy filólogo, y ella, muerta de la vergüenza y arreglándose, dijo, ay, qué va a pensar usted de mí, doctor, venir a estas horas a molestarlo, pero yo me levanté del escritorio y fui también al minibar, venga la acompaño, dije, y saqué una lata de cerveza, fui al sofá y la invité a sentarse, ¿y por qué eligió ese ideograma?, y ella, ¿este?, pues porque me parece una idea profunda, y además es bonito, y entonces hice la pregunta que desencadenó todo, ¿y tienes más tatuajes?, y ella dijo, sí, doctor, pero esos sí me dan pena, están como en zonas muy íntimas, pero yo le dije, ya con un deseo voraz, pero no te preocupes, nadie más te va a ver aquí, y entonces se levantó y se bajó el pantalón hasta las rodillas, dejando ver un pubis rasurado, y en la ingle, cubierta por una tira muy leve de la tanga, vi una enredadera que hacía un bucle y subía hasta el centro del monte de Venus.

Es muy bonito, dije, ¿una pasiflora?, y ella, soltando una carcajada, dijo, no me diga que también sabe de botánica, y yo, un poco, sólo un poco, entonces se dio vuelta y vi que la enredadera cruzaba hacia atrás a la altura de las costillas y seguía hacia la espalda en forma helicoidal, cual columna salomónica, y volvía al frente hasta la base de uno de sus senos, a todo color, una imagen muy bonita, y se lo dije, hermosa flor, y entonces ella propuso, ¿quiere tocarla?

Dejé la cerveza a un lado, sequé mi mano húmeda por la lata y pasé las yemas de los dedos por los pliegues de esa piel, tersa, siguiendo el dibujo hasta su inicio, en la ingle, muy cerca de los labios mayores que noté palpitantes, húmedos, inflamados. Le di un beso y ella acabó de quitarse la ropa, Dios santo, qué cuerpo increíble, qué piernas, qué trasero. Estuvimos una hora en el sofá y luego en mi cama, envueltos en la magia que emanaba de sus dibujos, hasta que ella miró el reloj y dijo, es hora de cambiarle el suero a la doctora.

Se vistió y se fue.

Así empezamos a vernos por las noches. Se llamaba Clara y estudiaba Enfermería en la Jorge Tadeo Lozano. Le interesaba la cultura, aunque de un modo superficial. Había leído a algunos autores populares que con el tiempo ganaron puntaje intelectual, como Pérez Reverte, y a autores norteamericanos de *best sellers* estilo Stephen King o Dan Brown. Tenía novio y esto era para mí una seguridad, pues de plano la idea de una relación quedaba excluida. Además lo quería mucho y sobre todo lo admiraba, y a veces me contaba cosas de él. Era un estudiante de la Universidad Nacional, de Cali, un tipo muy militante y politizado, culto, que andaba con la mochila repleta de libros, descontento con la política, y entonces yo preguntaba, ¿y es militante de qué partido?, y ella decía, pues la verdad no sé muy bien, está en los grupos de izquierda de la universidad, son muy radicales pero no están con las FARC, aunque sí quieren un cambio drástico, algo que le dé la vuelta a la sartén, de una vez por todas, ¿de verdad?, decía yo, pues mi tía y yo opinamos algo parecido, y ella, ya lo sé, los he oído hablar y le confieso que una vez le conté a Edwin, así se llama, y yo pensé, Edwin, un nombre que en Colombia equivale a una declaración de renta y que sitúa a la persona en el rango de la clase media baja, y ella siguió diciendo, le conté a Edwin que ustedes hablan y opinan que este país debe cambiar, y él dijo, según Clara, un poco en chiste y un poco en serio, pues se les tendrá en cuenta el día de los fusilamientos, eso dijo Edwin, y Clara se rio al contarlo, se echó para atrás en la cama y dijo, ¿se imagina eso? ¡Los fusilamientos! Tiene razón, Clara, le dije, ese día tendremos que estar ahí, con la espalda contra el muro, «frente al pelotón de fusilamiento», como en *Cien años de soledad*, respondiendo por los privilegios eternos y por el desprecio de doscientos años a los desposeídos, por el usurpamiento y la sangre derramada en campos y cerros de este bonito país, tan alegre y sangriento, país de nubes rojas de algodón dulce y cielos escarlata, como en los cuadros de Munch, en fin, esto no lo dije, lo pienso ahora que escribo, lo que le dije a Clara fue, tiene razón Edwin, mi tía y yo seremos los primeros en caminar hacia el muro con una mano en el corazón.

Una noche me mostró en su celular una foto de él. Era un tipo alto y fornido, de gafas gruesas y pelo arremolinado. Tenía aspecto de hombre de acción, rumbero y a la vez teórico, una especie de Jaime Bateman de hoy, con cierta inclinación en la espalda que me hizo suponer que leía en bibliotecas públicas o cafeterías del centro, tomando tinto y haciendo subrayados en lápiz. Tenía el típico espinazo encorvado del intelectual miope. Lo imaginé tomando notas y leyendo *Así se templó el acero*, de Ostrovski, lectura obligada de nuestra izquierda, o subrayando poemas de Benedetti que tal vez luego le leería a Clara, aunque en la foto estaban los dos al lado de un puente, abrazados, y ella dijo, esta es en Melgar el fin de semana pasado. Edwin le pasaba un brazo sobre los hombros y con el otro levantaba un pescado, ¿qué era?, un bocachico grandísimo recién sacado, el río estaba de subienda, dijo ella, luego nos hicieron un sancocho junto a la orilla del Sumapaz, uno lo compra y ahí mismo se lo preparan, ¿no conoce Melgar?, ay, es una delicia, debería ir con su tía, le dicen la ciudad de las piscinas, hay hoteles muy buenos, o si no Girardot, ahí cerquita, donde está el Lagomar El Peñón, y yo no dije nada, sólo asentí en silencio, pero recordé las palabras de mi tía, que odiaba esos lugares, «no vayas nunca, ni por equivocación, a sitios como ese, por respeto a la gente que es de ahí y que los usan de sirvientes y lacayos, no pises esos templos del mal gusto donde van los nuevos ricos bogotanos, mezclándose sin el menor escrúpulo con narcotraficantes, paramilitares y generales corruptos del ejército o la policía, no vayas nunca a esos altares de la cultura mafiosa donde se copia lo peor del rococó de Miami y se insulta a las personas que nacieron y viven ahí, en esos miserables pueblos circundantes, nunca pongas un pie en esos muladares por respeto a ellos».

Algunas noches, cuando me dormía leyendo en el sillón, Clara venía a mi lado y, silenciosamente, se desnudaba frente a mí y me miraba con tal intensidad que lograba despertarme. Era extraño encontrar a alguien tan concentrado en mí, y al verme abrir los ojos hacía un gesto afirmativo, como diciendo, muy bien, e íbamos de inmediato a la cama. Yo sentía que algo faltaba en su vida. Tenía un extraño gesto de desasosiego o soledad, como si hubiera una zona de su espíritu a la cual ni Edwin ni su familia podían llegar, y que la empujaba a estar conmigo a cambio de nada y a veces en completo silencio, un secreto que jamás reveló o que tal vez ni ella supiera a cabalidad pero que, sospecho, tenía que ver con el abandono de su padre.

Había algo más que supe con el paso del tiempo: le gustaba la cocaína. Me lo contó una noche, desnudos en la cama. Quiso saber si me molestaba que se metiera un pase y le dije que no, a mí no me gusta pero no tengo nada en contra. Y así me fui acostumbrando. Cuando le daban ganas, generalmente después de tomarse un trago de los botellines del minibar, decía algo gracioso: «Se me hace agua la nariz», y se metía una raya en cada fosa. Fue su novio el que se la dio a probar.

—La probé en una rumba de un amigo de Edwin —me dijo—, un tipo que venía del Llano con una talega de perica como de medio kilo. Lo increíble fue que nos la metimos toda en un fin de semana a punta de *rock* en español, boleros, champeta y tecnocumbia. Claro que éramos un grupo grande. No paramos de bailar ni de beber y por supuesto de tirar. Edwin estaba probando el viagra genérico y andaba con un puñal entre las patas, mejor dicho, voleando verga a lo que marca. Si me hubiera muerto habrían tenido que enterrarme en un ataúd en forma de Y. Al volver estuve en cama todo un fin de semana. Me di cuenta de que el perico me gustaba pero no para la rumba, sino de un modo más inteligente. En la rumba es un sobregiro muy áspero, pero en la vida diaria no, es mejor y más sano. Uno no se quema tanto las neuronas.

Me gustaba mucho oírla hablar, de cualquier cosa, pues a través de ella conectaba con un mundo al que no tenía acceso. Me contaba de sus amigas, de los problemas en su casa viviendo con su mamá, en Cedritos; de cómo se habían criado juntas ya que el papá, un señor de Valledupar, las había abandonado cuando ella tenía catorce años, y que, como era previsible, era el gran drama de su vida, pues significaba el abandono del primer hombre. Habló horas de su adolescencia en el barrio Kennedy, de las fiestas de fin de año que acababan con tiros al aire y ella muerta de miedo y encerrada en su cuarto, en un apartamento muy pequeño; también de los esfuerzos y sacrificios de la mamá para que pudiera estudiar y, obvio, del modo en que a veces se lo echaba en cara, y las consecuentes peleas, los portazos, las salidas intempestivas en medio de la noche llamando a Edwin y metiéndose pases para calmarse, y luego el regreso, el llanto y los abrazos con la mamá, en reconciliaciones que eran dolorosas para ambas, pues no hacían más que resaltar el hecho de que estaban tremendamente solas en el mundo, la una al lado de la otra y nada más.

Un buen día, Clara me anunció que se iba.

Le habían dado una beca para Canadá y había renunciado al trabajo, venía a despedirse. Se lo agradecí y le di un regalo: el libro *Bella del Señor*, de Albert Cohen, y un compacto con lo mejor de Leonard Cohen. Los dos Cohen.

—Creo que es lo mejor que han hecho los canadienses —le dije.

Me abrazó agradecida. Dijo que se iba con su novio, lo que me pareció todavía mejor, aunque pensé en su madre.

Pero en fin, cada vida tiene cosas que nadie más comprende y supuse que allá, tal vez en medio de la nieve y las borrascas repletas de hojas de maple, Clara podría encontrar con qué cubrir ese vacío que tantas veces presentí estando a su lado.

Mi tía, que no tiene un pelo de tonta y me conoce, y que hasta cuando está dormida pasea su mirada por la casa, lamentó muchísimo su partida e hizo el recuento de las excelencias profesionales de Clara, su trato afable, sus maneras educadas y sensibles y sobre todo su infinito respeto por el enfermo, del que no sentía lástima, algo que para mi tía era un signo de distinción de un enfermero, y también dijo:

—Es una lástima también para ti, pero ya vendrá otra.

Y así fue, pues en efecto las historias amatorias tienden a repetirse. La búsqueda del placer es un motor que nunca se apaga. Como el uróboros, esa serpiente mitológica que se come su propia cola, y que simboliza el eterno retorno: sentir deseo, satisfacerlo, anhelarlo de nuevo para, una vez más, saciarlo y volver a empezar, siempre, hasta el último día. El vaso nunca se llena del todo, ni siquiera con el paso de los años. Visto de cerca es bastante patético. ¿Cómo será realmente el voto de castidad que profieren los sacerdotes? Por mucho que crean en instancias divinas son mamíferos y difícilmente podrán escapar a la biología creada por ese mismo dios que, aparentemente, les exige semejante sacrificio. ¿Tendrán erecciones y se masturbarán? Fueron creados por la misma sexualidad que niegan y si todos los varones se hicieran curas la raza humana se extinguiría. En la palabra «voto», o promesa, está implícito algo doloroso, algo más allá de lo humano. Si no fuera un sufrimiento no tendría gracia.

Dejo de lado los casos de pederastia, con gran peligro para la sociedad, o los normales casos de homosexualismo entre varones con alzacuello que todo el mundo conoce y que, más allá de la libertad social que los cobija, son previsibles en comunidades prioritariamente masculinas, como el ejército o las colonias penitenciarias.

Los demás, los curitas de pueblo y los de barrio y sacristía, tendrán aventuras con empleadas y mujeres devotas que se acercan en busca de consuelo y acaban fundiendo el amor a Dios con el deseo de un varón. Conocí a una creyente que había tenido amoríos e incluso sexo brutal con dos curas y que lo mantuvo en secreto hasta quedar embarazada.

Pero vuelvo a mi historia.

Otra de mis amantes de uniforme blanco fue una mujer de más edad, una enfermera de cuarenta y pico llamada Elvira que, en honor a la verdad, me dejó increíbles secuelas. Su cuerpo entraba ya en esa fase en la que sólo erguida y muy recta las cosas están en su sitio, pues basta con que se recueste a un lado o se siente para que surjan rollos estorbosos y volúmenes raros. La piel del vientre, como la de cualquier mujer que ha tenido hijos, estaba bastante arrugada. De la parte inferior de su ombligo emergía una raya en zigzag de piel más fina, como de un papel mantequilla que alguien estrujó y volvió a alisar, que bajaba hacia el pubis y moría en la cicatriz de la cesárea. Tenía estrías en los senos y las caderas. Alrededor de los ojos le surgían pliegues y líneas color violeta. Su pelo se iba decolorando hacia la raíz.

En suma: una hermosa mujer madura, ¡y con cuánta sabiduría amatoria!

Sin pretender hacer elucubraciones filosóficas —no es el lugar y tampoco podría—, a esa edad es cuando más se compaginan el eros y el tánatos, esas fuerzas opuestas que conforman la cojinería lateral de nuestra psique. El uno nos envía al otro y nuestra vida, por lo general, tiende al equilibrio entre ambos. Y así, cuando a media tarde caen las primeras sombras y se avizora la vejez, el cuerpo empieza a sentir la inminencia del tánatos y entonces se lanza hacia su contrario, por lo que el ardor de los encuentros con Elvira era único: cada noche una especie de sesión ayurvédica de estimulación, unas estrepitosas fornicaciones que, una vez terminadas, no veía yo la hora de reanudar.

La única vez en mi vida que, literalmente, perdí el sentido, fue en sus brazos, tras una serie de tocamientos y caricias con su lengua prensil, algo casi inhumano, como si hubiera descerrajado una granada en mi sistema nervioso o chupado mi tallo encefálico. Vi tubos de luz surgiendo en el vacío, lejanas ojivas nucleares y hongos verdes que ascendían al cielo y se perdían en el espacio, más allá de Orión; gemí como un cavernícola, recordé el discurso de ese personaje de *Blade Runner*, a punto de morir, sobre las cosas que vio en otras galaxias, lancé al aire el hueso femoral de un bisonte mientras retumbaban las primeras notas de *Also sprach Zarathustra*, corrí desnudo por la cornisa de un palacio veneciano y salté al Gran Canal, vi el reflejo de mi cara en un pozo de agua y recordé un verso de san Juan de la Cruz, nadé por la corriente de Humboldt agarrado al caparazón de una tortuga, vi a lo lejos las luces de Shanghái y las confundí con Shangri-La y los picos de los Himalayas, fui un Chimizayagua cósmico, de túnica y sandalias, en los dominios del Zipa, todo eso sin salir de mi humilde cama, hasta explotar en un gemido, un esperpéntico babeo de neonato al tiempo que botaba mis líquidos.

Luego, al abrir los ojos y entrar en la zona de reposo, aún bajo la onda expansiva de la sesión copulatoria, me contaba historias de su vida y la verdad es que más de una vez llegué a sentir compasión y, sobre todo, una gran admiración por su fuerza. Elvira se había divorciado de un actor de televisión y tenía un hijo de dieciocho años al que prácticamente debió criar sola. Su exmarido, un tal Lucho, era toda una joyita, como decía ella, eternamente borracho y empericado, y que los fines de semana, para subirle en intensidad a la rumba, se soplaba media docena de papeletas de basuco en la sala de la casa, delante del hijo y a veces de las hermanas de ella o de su propia madre. Al tipo no le importaba. Decía, según Elvira, que su arte requería estímulos fuertes y prolongados, que él era uno de esos artistas que se alimentaban de su propia vida y se devoraban a sí mismos, como el actor Richard Burton, que era alcohólico, y por eso Lucho, que en realidad no se parecía nada a Richard Burton, pues lo más que logró hacer fue papeles secundarios en telenovelas matutinas, generalmente de mensajero o de cura, se sentía con el sacrosanto derecho a imponerles esa vida a los suyos, y que estos lo cuidaran y se la financiaran.

Un día, Lucho llegó a la casa con otra mujer, que estaba más pasada de basuco y borracha que él, y le dijo, oye, Elvira, esta nena y yo estamos teniendo una relación poética, algo que puede que tú no entiendas porque son cosas del arte, pero debes aceptarla porque es por el bien de mi arte, será sólo por un tiempo, ella y yo somos almas artísticas gemelas, y Elvira, que aún lo amaba y que sinceramente creía que podía mejorar en sus trabajos actorales, acabó aceptando y le dijo, bueno, llévala a dormir a la habitación del fondo que la pobre parece necesitar descanso, y luego hablamos, y allá se instaló Lucho con su nueva novia, dedicándose a beber aguardiente y a meter. Cuando fornicaban el catre golpeaba contra el muro, el chirrido de los fuelles retumbaba y por si fuera poco la mujer gritaba vulgaridades que se oían por toda la casa: ¡dame más duro, hijueputa!, ¡como a cajón que no cierra!, ¡cómete esa chimbita!, ¡ay, qué vergononón tan sabroso!, ¡culéame, cerdo!

Elvira le subía el volumen a la música para que su hijo no oyera, o se inventaba alguna diligencia para salir con él a la calle. A veces se encontraba a la mujer en la cocina deján-dole ropa sucia, sobre todo calzones cagados y meados, pues con el basuco se le abría el esfínter y sufría incontinencia. En una de esas ocasiones, Elvira le preguntó, ¿y tú en qué obra actúas?, ¿en teatro o en telenovelas?, y la pobre mujer, que en realidad tenía veinticuatro años pero que aparentaba cuarenta, le dijo, no, pues estoy haciendo *castings* pero nada, nunca me llaman, esos directores son todos unos hijueputas, lo único que quieren es que se los mame por turnos en la oficina o hacerme pichar en tríos, y sólo así le dan a una un papel, es lo que hacen todas esas nenas bonitas, pero es que yo puta sí no soy, ¿me entiende?, soy una artista, y entonces Elvira le dijo, qué vaina, y le preguntó con curiosidad, pero si usted aspira a un papel de bonita, ¿por qué no se cuida un poco?, y ella le respondió con una risa desdentada, por ahora lo único que aspiro con seriedad es el perico, y la vio irse por el corredor entre carcajadas bastante terroríficas y tristes, con las piernas flacas y temblorosas, y así pasó el tiempo hasta que un día Elvira cogió a su hijo, se fue a vivir a la casa de su mamá y pidió el divorcio. Lucho lo aceptó pero a cambio de una mensualidad, con el argumento de que un artista es como un niño que debe ser protegido.

Gracias a Dios, dijo Elvira, el juez no era ningún pendejo y no le aceptó semejante disparate. De pasadita le prohibió acercarse al hijo hasta que no presentara en el juzgado documentos de alguna clínica en los que certificara que había hecho una desintoxicación de al menos dos meses, algo que obviamente Lucho no hizo nunca, y así pasó el tiempo. Como a los siete años del divorcio, paseando por el Salitre, su hijo le mostró a un mendigo que cruzaba la avenida toreando buses, descalzo, con el pelo en una mota de grasa negra y ojos de loco, y luego, en el semáforo, se puso a pedir limosna entre los carros, y le dijo, mira, mami, ese tipo es parecido a mi papá, y ella le dijo, sí, se parece pero no es, tu papá está en México trabajando, y lo montó en un taxi y se fueron lejos de ahí. Tres años después llegó la llamada de la policía para decirle que lo habían encontrado muerto de sobredosis. Cuando fue al entierro se encontró a la misma joven actriz que había llevado a la casa, sólo que ahora era una anciana desmueletada y raquítica.

Después de esta experiencia, Elvira llegó a una conclusión parecida a la mía, y es que la mayor parte de los vínculos humanos están fatalmente condenados al fracaso, y algo peor, y es que si uno persiste se vuelven además enfermedades crónicas. Por eso, me dijo, cuando anhelaba la compañía de un hombre se iba al Chispas Bar, en el hotel Tequendama, y se tomaba un par de tragos. Ahí los hombres que andaban solos o eran extranjeros y se iban de Colombia a los pocos días o eran colombianos pero no de Bogotá. Era lo mejor para evitar problemas. Conmigo hizo una excepción, pero según dijo le inspiré confianza y, de un modo irracional, detectó en mí a un alma gemela. Fue ella quien dio el primer paso al entregarme un mensaje que decía: «Me gustaría verlo una noche acá en la casa, cualquier día».

Ah, Elvira.

Debió dejarnos también por un motivo profesional que en su caso supuso gran progreso, un puesto de jefa de enfermeras en un hospital de Medellín, su ciudad natal. Como mi tía la quería mucho, antes de que se fuera me pidió que le diéramos un regalo importante, lo que quería decir una joya o una buena cantidad en metálico. Le pregunté a Elvira qué prefería, y ella, con mucha vergüenza, prefirió la plata, pues tenía que trastearse y era lo que más le iba a servir. Entonces le pedí un número de cuenta e hice una generosa transferencia en nombre de mi tía.

Cuando se fue sentí por primera vez algo parecido a una pena de amor, pues tuve la seguridad de haber perdido a alguien entrañable. La añoré tanto que llamé a su celular unas cuantas veces y tuvimos charlas afectuosas, a veces incluso eróticas, pero sobre todo fueron conversaciones de amigos. Otras dos veces viajé a Medellín y en ambos casos vino a mi hotel y se quedó conmigo toda la noche.

Por fuera del mundo de las enfermeras mencionaría a Arantxa, una estudiante española que conocí en un congreso de filología en el País Vasco y a la que frecuenté por un tiempo, muy militante y feminista, que discutía con un fervor que me recordó mis propias épocas universitarias. Odiaba a España y a Europa, a Estados Unidos, al mundo en general. Los dirigentes políticos, por un motivo u otro, eran siempre unos vendidos al capital y a la corrupción. Estaba en contra de todo, todo era sospechoso y prueba de algo gravísimo. Le preocupaban por igual el conflicto de Israel con Palestina y la publicidad machista de los jabones.

Un día me dijo que las mujeres estaban en desventaja «en este puto mundo» y yo estuve de acuerdo; que a las mujeres los hombres les pegaban y las maltrataban porque tenían menos fuerza física y le dije que lo primero era un crimen y lo segundo un hecho científico; que la sociedad les exigía más a ellas y le dije que por desgracia era así, pero que en esa sociedad había hombres y mujeres; se quejó del peso absurdo de la belleza en la vida de la mujer, y luego agregó, lanzándose a una de sus obsesivas peroratas:

—¿Puedes tú imaginar lo que significa, por ejemplo, tener que depilarse? Eso tú, un asqueroso macho, ni se lo plantea, pero es algo que te puede convertir en esclava porque debes encima hacer cálculos, ¿fiesta el sábado?, ¿irá él?, ¿echaremos un polvo? Si la respuesta es sí habrá que depilarse por lo menos el jueves, para que los folículos no estén abiertos y él no los sienta como una lija, pero tampoco puede ser mucho antes porque brotarían nuevos pelos, y claro, si el polvo es en un baño de discoteca, borrachos y con poca luz, pues vaya y venga, pero si el tío te lleva a su casa y quiere que luego te quedes a dormir, pues ahí sí ya no, pues al otro día, con la luz entrando por la ventana, tu coño parecerá un hormiguero africano, y cuando él quiera echarse el polvo matutino, ese que marca la diferencia de estatus, ¡se va a quedar horrorizado! Estas cosas son importantes para una tía, ¿lo sabías? Es que una es tonta y se enamora y quiere que él te lleve a su casa y te invite a dormir y te eche un polvo en la mañana, sí, como diciendo, un polvo de novia, no un polvo de puta sino de mujer respetable, y eso es lo que una quiere por ser tonta, y por eso además debes pensar en ponerte una bonita tanga, no demasiado porno pero tampoco de monja, un término medio que él, cuando la vea, se quede extasiado pero sin gritar, que le den ganas de quitártela pero no a mordiscos, ¿me sigues? La verdad es que cada vez que lo pienso me pregunto si vale la pena tanto maldito esfuerzo, ¿piensas tú en estas cosas? Lo sé, me lo imaginaba, ustedes los putos machos no tienen ni idea de todo lo que uno debe tener en el coco para que luego vengan y digan, ¡qué guapa estás!, o me gustas, o hay algo en ti que me apasiona, todas esas gilipolleces que dicen después de haberte chupado el coño, pero para eso uno debió hacer un trabajo fino, porque si al pasar la lengua les parece un rallador de quesos lo más seguro es que diga, cariño, voy a por tabaco, ¿te importaría poner un café mientras tanto?, y van y se largan, y no te proponen ducharte con él y mucho menos echar ahí un último polvo antes de vestirse e ir a una cafetería a desayunar, no, claro que no, si la puta lengua se le raspa es por culpa tuya, y entonces el tío se larga asqueado y te deja tirada, te lo digo yo, si es que este mundo es una puta mierda, porque además para depilarte tienes que pedir cita con tiempo y tener el dinero, que no es poco, y que la depiladora esté disponible, y encima la tía siempre te mira con gesto socarrón y te dice, qué, bonita, ¿depilación urgente?, ¡cómo se nota que estás desesperada!

Releo este capítulo y, aparte de las historias de mis amantes, reconozco que fui algo cínico con la figura de la mujer. La verdad no sé por qué lo hago, ya que los mejores momentos de mi vida los he pasado con ellas. Puedo concluir que el problema es el amor, al menos en mi caso particular, pero dejando eso de lado hay que decir, sin querer o pretender ser lambón, que son lo más salvable del género. Mucho más que la ralea de varones groseros y violentos que pululan por ahí, con su obsesión por las señales exteriores y superficiales del triunfo, o su ansia de poder, que para el caso viene a ser lo mismo.

Tan lejano a la ética de la juventud en la que todos son aún inocentes y lo que se valora es la coherencia y la pureza. Recuerdo una imagen de mi adolescencia, en Bogotá: había una cervecería en la carrera quince llamada El Fuerte, en la época en que la quince era una calle elegante, y ahí nos reuníamos muchos jóvenes como yo a beber cerveza en jarras de litro, sin duda imitando una tradición alemana o checa o irlandesa que por supuesto desconocíamos, pero que sí podíamos intuir a través de los afiches colgados en las salas, en los corredores de acceso al baño, y entonces tratábamos de reproducir la silueta barrigona de los hombres sonrientes que veíamos en esas láminas, y bebíamos y bebíamos, sin saber muy bien por qué, pues lo que sí era frecuente en la triste Bogotá de esos años era un ferviente deseo de evadirse y ser otra cosa, de existir de un modo distinto, como jóvenes y como ciudad, ese espacio yermo en el que buscábamos desesperadamente una señal, algo que nos alentara a continuar, pero siempre en vano, claro, y ahí estábamos todos, litro tras litro de cerveza en El Fuerte, imaginando que así abríamos una especie de puerta secreta para dejar de ser de una vez por todas lo que éramos, jóvenes ilusos en esa Bogotá lluviosa y pobre, pues lo único que sí teníamos todos era la certeza de haber nacido y de vivir en un rincón modesto y casi insignificante del mundo.

El gesto de llevarse un jarrón enorme a la boca y tragarse un sorbo de ese líquido espeso que, en el fondo, nos repugnaba, formaba parte de ese ritual. El de la tristeza y la desesperanza, intuyendo que en el fondo nada de lo que hiciéramos tendría sentido y que todo estaba perdido de antemano, pero que igual había que salir a la vida y dar la batalla, como un barco sin luces ni radar que navega en plena noche y al que nadie espera.

Esa imagen de mi juventud fue tal vez el último momento de dignidad de una época, una edad de la vida que debería prolongarse pero que, al contrario, es cada vez más corta y contaminada, porque ¿qué juventud tienen los muchachos de hoy?, ¿qué saben ellos de ese deseo de coherencia y pureza, de esas ganas de extender la vida hacia delante sin por ello contaminarla? La verdad es que ni siquiera lo intuyen y por eso sólo les quedan las migajas, a lo sumo la esperanza de ser útiles.

Ah, la adolescencia.

Mi tía nunca fue autoritaria ni buscó convertirme en su muñeco de barro, en su «rojo Adán»[2], aunque sí puso ciertos límites, los cuales, llegado el momento de la adolescencia, pude traspasar sin necesidad de hacer grandes revoluciones o aspavientos; por lo general bastó con pequeñas charlas privadas, ella y yo, solos, y las poquísimas veces en que la charla subió de tono mi reacción no fue evadirme hacia la calle para asaetar al mundo e inquietarla sino, al contrario, buscar refugio en mi lugar más íntimo, que es el baño.

2   Al decir de Borges.

8. El baño

«¿Estás despierta?», le susurré al verla con los ojos cerrados en su sillón, al lado de la ventana, y ella respondió, «¿qué quieres decir exactamente con despierta?».

Le pregunté si se sentía bien.

—Sobrino querido —me dijo—, ¿cómo no voy a sentirme bien en esta casa? Es nuestro castillo, nuestra última residencia, o al menos la mía, y por eso quiero decirte algo. Soy consciente de que incluso con mi pensión, alta para los estándares de este país, no habríamos podido comprarla sin tu libro. Qué orgullo. Estás protegiendo con tu intelecto lo que somos, poniendo una muralla entre la calle y nosotros, y por eso te digo, simplemente, gracias.

Me conmovió tanto que no pude responder. Salí de su habitación y, de carrera, fui al ala izquierda de la casa a refugiarme en el baño justo cuando una marea de lágrimas inundaba mis ojos. Y sentí miedo, un miedo aterrador y sobrehumano que ya conozco porque ha estado siempre ahí y viene desde muy atrás, que se entromete en todo lo que hago y para sobrevivir experimenta las más variadas metamorfosis; es una niebla que flota en el aire y lo contamina, un sabor amargo que irrumpe en los momentos alegres, y por eso la alegría, en el fondo, es mi mayor pesadumbre, un sable que se levanta sobre mi cabeza desde el más remoto pasado, probablemente desde esa infancia feliz que perdí y que tanto añoro.

Pero ahí está mi baño en la nueva casa. ¿Qué sería de mí y de mi frágil psique sin ese cielo protector, sin esa trinchera?

Es un salón rectangular de unos treinta metros cuadrados revestido de azulejos vagamente moriscos, con un cubículo para la ducha y un segundo espacio para la tina o bañera. En el muro hay un armario para toallas, batas y pantuflas, un mueble con dos lavamanos empotrados y un espejo que va de pared a pared; también doble ventana de cristal difuso con una franja transparente en la parte superior que deja ver el cielo y las nubes, y más arriba tragaluces de colores con imágenes geométricas que, por algún motivo, recuerdan la decoración de los hipogeos de Tierradentro. Al lado, accediendo por una puerta que también comunica al cuarto, hay un vestier completamente enchapado en madera, con estanterías de tamaños varios, cajones, manillares y una especie de torno para los vestidos.

La solitaria inmersión en el agua caliente y sus vapores —para esto el clima de Bogotá es ideal— me permite resistir los golpes, comprender mejor lo que hago e incluso la vida que llevo, y por supuesto encontrar un momento de sosiego. No podría seguir adelante sin este ritual cotidiano que es tantas cosas a la vez: inmersión en aguas maternales, intento por regresar al líquido amniótico, ejercicio taoísta del vacío, prueba de meditación y, en lo profesional, momento en que hago el borrador mental de lo que será el trabajo del día, el itinerario o mapa al cual después debo ceñirme —casi nunca al ciento por ciento— con una meta probable en páginas escritas o capítulos terminados, así como de las lecturas que habré de elegir para ello por su conveniencia o cercanía con el tema, y algo también fundamental para mí, que es una primera lista de los argumentos de los que me gustaría hablar con mi tía en nuestras reuniones de la tarde, eso que llamamos la hora del té pero que en realidad es la hora de la ginebra o del whisky.

Todo esto se empieza a formar entre los vapores matutinos del salón de baño, ¿cómo podría hacerlo sin este recogimiento, sin la paz que proporciona el agua, que además retira todo aquello que de malo o melancólico pudo quedar de la noche?

Uno de los pocos cambios que hice tuvo que ver con la luz. Instalé un interruptor ajustable. El exceso de iluminación puede ser una tortura, pero las excesivas sombras traen sus presagios y es mejor evitarlas. El problema con Bogotá es que nunca se sabe qué tipo de mañana habrá, si será soleada o lluviosa.

Toda la vida he cultivado el amor por los baños, de todo tipo. Recuerdo los Sanduny Bania de Moscú, con las hojas de abedul para golpearse la espalda y las piernas y hacer circular la sangre; o el caldero con piedras hirvientes en el que uno vierte agua aromatizada con pino, y las tinas metálicas individuales para el agua fría. Sanduny está cerca de la vieja sede de la KGB y el increíble museo Maiakovski, donde mi tía, como podrán imaginar, casi tiene alucinaciones místicas. Es un extraño museo helicoidal que intenta recrear en escenarios teatrales los temas de su poesía.

Otro templo de este particular culto son los baños de Cagaloglu, en Estambul, donde el calor y la sudoración se obtienen al recostarse en una mesa de mármol circular, en el centro de la sala, calentada por agua caliente. El eje de la roca coincide con el centro de la cúpula, así que uno se recuesta en ella y observa la luz atravesando los vitrales. Pocas cosas hay en el mundo más bellas, que yo sepa, y que he visto también en *hammams* de Egipto, Siria o Irán, e incluso en los baños árabes de París. El sauna nórdico, ese calor seco obtenido en un recinto de madera, es el complemento perfecto. No hace mucho tuve que hacer un viaje a Estocolmo y de las 48 horas que permanecí en esa helada ciudad —a la que sentí increíblemente familiar después de haber leído a Stieg Larsson y luego a Karl Ove Knausgård— pasé cuatro en el sauna. ¿Qué es lo que busco? Ese mismo sentido de la intimidad. Un espacio de libertad intenso y protector.

En Bogotá, en lugar de los insípidos baños turcos de los clubes sociales, soy asiduo a El Paraíso, en la calle 66, que es, como indica su nombre, un verdadero paraíso: salas excelentes, bien cuidadas y caldeadas, y un servicio que, las primeras veces, me pareció un poco exótico, pero al que luego me acostumbré y ahora aprecio. En El Paraíso uno puede, si quiere, ordenar cervezas y tomárselas en el sauna, cosa que hacen algunos, pues es un lugar muy democrático en el que están representadas todas las clases y actividades socioeconómicas del país. Otros clientes, sobre todo los viernes y sábados, van con sus novias, lo que hace que haya un ambiente de jolgorio que en el fondo no tiene relación con el recogimiento místico del *hammam*, pero sí con nuestra idiosincrasia criolla.

Así lo asumo y por eso cuando voy intento permanecer en silencio. Pero la gente es habladora y dicharachera y la verdad es que en ciertas ocasiones, con motivo de coyunturas políticas especiales, encuentro que el nivel de debate es bastante aceptable. Diría incluso que muy bueno para los estándares nacionales, lo que puede deberse a la atmósfera distendida y de mutua confianza que ofrecen las cámaras de vapor, tan cercana a la de una cena de amigos o sobremesa. Algo ya muy raro en la casa, sobre todo desde que las enfermedades han recluido a mi tía en sus habitaciones.

9. Las habitaciones de mi tía

Ahora tendría que convertirme en un novelista ruso del siglo XIX, de leontina y barba poblada, o al menos contar con uno de sus principales atributos: el talento para hacer descripciones minuciosas y dotar a los lugares del espíritu de quienes los habitan. Pero es difícil cuando uno es sólo un discreto filólogo que no sabe muy bien por qué hace todo esto —¿qué es lo que, en el fondo, me lleva a escribir esta memoria?— y que podría ocupar el tiempo adelantando sus propios trabajos. A veces pienso que, de ser escritor de novelas, me gustaría el estilo de Kafka: encerrado en un sótano, recibiendo la comida a través de un torno; o el de Simenon, escribiendo sin parar en una celda de su castillo para luego subir y fornicar con su esposa ante los ojos de su secretaria, pues ambas lo desprecian; o el de Karen Blixen, también en un castillo pero en la torre más alta, escribiendo cartas desgarradoras y devorada por la nostalgia africana; o el de Dostoievski, angustiado y enajenado, dictando su novela y mirando el calendario, con miedo a perderlo todo y acosado por las deudas de juego; o el de Balzac, endeudado hasta los dientes pero no por el juego sino por sus necesidades exquisitas; o el estilo Faulkner, haciendo cálculos, sumas y restas de cuánto podría ganar con un escándalo. Tal vez el más improbable y envidiable es el estilo Lawrence Durrell, escribiendo en el mar Egeo sobre un tablón que flota en el agua, iluminado por velas.

Escribir y vivir.

La verdad es que preferiría ser un escritor malayo que descansa por las tardes en su casa, frente al estrecho de Malaca, fumando pipa y espiando los botes de los pescadores, o incluso un escritor malayo nacido en el exilio pero que fue a instalarse en Yogyakarta, cerca del mercado de pájaros, para escribir sus memorias y comprender su vida. O algo aún mejor: un escritor malayo residente en Stone Town que se baña por las tardes en el mar Arábigo, en su intento por desaparecer, por no dejar el más mínimo rastro.

O incluso —¿por qué no?— un escritor de este bonito país, bañado por dos océanos. Los conozco y me complace verlos con atributos animales, como en las fábulas de Esopo. El escritor Zorro, el escritor Hormiguita, el Cigarra, el escritor Lobo y el León. El Asno salvaje y el Asno domesticado. El Zancudo. Soy un modesto filólogo, pero es obvio que la escritura de esta memoria me está transformando.

Y ahora permítanme volver a la casa.

Las tres habitaciones contiguas al fondo del corredor, con un enorme baño en el medio, eran la solución ideal para mi tía. A ella le gustaban los cuartos con ventanal interno para evitar la calle, «da grosería de la calle», solía decir, y en la casa el suyo daba justamente al segundo patio y a los techos de las casas vecinas. Para ella lo más importante era lo de arriba, las montañas y el cielo. Esas montañas verde oscuro de Bogotá que son una de las pocas cosas realmente bonitas de esta ciudad, y que, como no podía ser de otro modo, ediles corruptos y sus secuaces tienen como objetivo arrasar, devastar, estrangular. ¿Qué habrá en las mentes de estos obtusos hombrecitos? Mi tía, que es educada y diplomática cuando debe serlo, dice que son cerebros repletos de arroz agrio, corruptos e inmorales, pero yo creo que lo que tienen entre una oreja y otra, por el mismo motivo, es un contenedor de aproximadamente un litro y medio de mierda. Si alguna vez sus cerebros chocaran contra ese mismo asfalto que tanto promocionan y patrocinan se vería que, en lugar de fluidos cerebrales, lo que saldría de esos inodoros portátiles sería el agua sucia de la mierda, líquidos marrones y grises, malolientes, que correrían hacia la alcantarilla más cercana con la premura del ser que busca a su par para lograr la divina fusión en el Uno primordial, porque, en efecto, no es necesario haber leído el *Tractatus logico-philosophicus*, de Wittgenstein, para saber que la mierda busca a la mierda, en metafórico y en real.

A mi tía le gustaba sentarse delante de la ventana y observar con atención la línea de las montañas, esa silueta rigurosa confinando con el cielo. Decía que el ser humano lleva miles de años contemplando eso mismo: el cielo y las montañas, que es en el fondo su paisaje más frecuente. Claro que hay culturas del desierto y de la planicie y del mar, pero el cielo como fondo y un volumen oscuro y telúrico por delante, así sea de arena o de agua, es lo que ha acompañado al ser humano en sus elucubraciones más finas, en la creación de sus ingenios más notables, y es justo la imagen que todavía vemos hoy, el mismo cielo pero siglos después de tantas grandes obras, de la ciencia o del arte, cosas como la escritura de Heródoto o la genial observación del *movimiento retrógrado* de Tycho Brahe, por recordar sólo dos ejemplos que a ella le gustaba citar, el primero contra el cielo límpido de Halicarnaso y el otro sobre un cielo geométrico, segmentado por los tejados de Praga.

Todo esto le sugería el sencillo acto de mirar a esa llanura sin fin que se extiende desde el fondo del cielo. Ahí se conectaba con sus mejores recuerdos, aquellos de épocas lejanas en el tiempo y muy vivas en su memoria.

Allí estaban, entre otras cosas, su juventud y su niñez.

Muchas veces he intentado imaginar cómo era Bogotá en 1939, el año en que ella nació. A juzgar por las fotos era posible que hiciera más frío o que la gente fuera más delgada y por eso necesitaban esas gabardinas, abrigos y sombreros, cosas que hoy ya nadie usa y que son incluso un poco cursis y demodé. Al igual que en la arquitectura, la influencia inglesa marcó el modo de vestirse y el de comportarse (bogotanos silenciosos, impasibles, flemáticos, con chaquetas de tweed), todo eso que luego fue reemplazado por la moda norteamericana y que, en las últimas décadas del siglo XX, en síntesis con la exageración, el derroche y el rococó, creó la cultura mafiosa, tal vez la única experiencia de movilidad social que ha tenido Colombia en toda su historia.

Veo las fotos de su época, en blanco y negro, e intento imaginar las conversaciones, percibir los olores o el ruido de los tranvías, con sus ruedas de acero sacando chispas en los rieles. También los restaurantes y clubes, las plazas de mercado, el elegante hipódromo de Techo, las cafeterías de moda, como el Tout va bien de la avenida Chile, la bolera San Francisco o el Monte Blanco para los señoritos bien. Y del otro lado, en la ciudad campesina, las ventas de chicha y guarapo del sur, los mercados populares.

Bogotá era una ciudad en plena metamorfosis. Una modesta urbe con edificios modernos que se erguían hacia lo alto, amplio centro colonial, palacios grecolatinos para los poderes del Estado y una plaza de Bolívar. Tenía alumbrado y transporte público, pero al mismo tiempo era un frío pueblo de montaña con carretas de caballos, calles empedradas, mercados campesinos donde se vendían atados de guascas y bultos de papa recostados sobre el pavimento y puestos de comida hecha en fogones de leña, sobre dos ladrillos, en plena calle. Había bogotanos de gabardina y sombrero encocado y bogotanos de ruana, chapines y gorro tejido. Nacido treinta años después, alcancé a ver esa mezcla de ciudad y pueblo en la que aún no era improbable encontrar a un grupo de campesinos llevando a pastar rebaños de ovejas o de ganado a algún potrero en medio de dos edificios, y hasta hace relativamente poco la carreta de caballos —la chiva— seguía siendo un método de transporte.

Pero en los primeros años cuarenta, ¿a qué olía la ciudad? Puede que a verduras traídas de Boyacá o de la misma sabana, o a café recién hecho en olletas que se quedaban cerca del fogón toda la mañana y se volvían a calentar para ir tomando tintos sin perder el sabor del colado. Es extraño.

Bogotá no tiene canciones que la celebren, como las demás ciudades del país, y esto se debe tal vez a que no tiene estereotipos. También, no nos engañemos, porque ha sido siempre una ciudad bastante fea, desabrida, húmeda y fría.

Tal vez el problema central sea justo ese, el frío.

Parece que ningún artista lírico se sintió feliz o enamorado en Bogotá, como sí debió pasar en Cali, Medellín o Cartagena, según se escucha en tantas canciones, aunque a juzgar por los resultados, me refiero a esas letras cursis, machistas y predecibles que forman una parte nada despreciable de nuestro folclor y que la gente repite sin oír, casi se podría decir que Bogotá tuvo suerte, que se quedó en la periferia de esa hecatombe musical que arrasó, cual viento bíblico de Macondo, con tantas ciudades y regiones, que quedaron a merced de bardos aduladores, tal vez con la gran excepción de la música vallenata, que no sólo le dio dignidad y arte a su región sino a todo el país.

Cuando le hablo de esto a mi tía, ella cita siempre una canción bogotana, esa que dice…

*El que en Bogotá no ha ido con su novia a Monserrate
no sabe lo que es canela ni tamal con chocolate.*

Pero yo le digo que no vale, pues no es una oda a Bogotá, sino una canción de amor que usa a Bogotá como escenario, que no es lo mismo, y además, ¿qué es eso de tamal con chocolate? La verdad es que aún me pregunto a quién se le pudo ocurrir la tremebunda idea de mezclar una bebida azucarada, a base de leche caliente, con un platillo prehispánico, rico en sabor pero mortalmente grasoso y poco equilibrado. La comida típica de nuestra querida república, como en la mayoría de los países vecinos, tal vez con excepción de Perú, es algo indigesto y realmente homicida, un veneno para las arterias y el hígado, y ni hablar cuando estas se mezclaron en la mesa familiar con las gaseosas, es decir, más azúcar y colorantes, el coctel perfecto para un suicidio premeditado.

Mi tía se educó con mi papá en el Liceo Francés de Bogotá, pues mi abuelo, al que no llegué a conocer, era un típico afrancesado de clase media alta de su época. Para él, Colombia era poco menos que un corral de bestias, algo inevitable, al que de cualquier modo le tenía un cierto afecto, pues era su país, pero suspiraba ante la idea de París, Londres o incluso Madrid. Es verdad que para él la España recién conquistada por el generalísimo Francisco Franco estaba aún a medio camino entre nuestras repúblicas bananeras y las elegantes sociedades del norte, pero al menos estaba en Europa, que ya era mucho decir con respecto a lo de acá. Él seguía la política y la cultura francesas a través del semanario *L'Express*, que recibía por correo aéreo con varios días de retraso.

Eran también los años de la guerra europea.

En ese conflicto Colombia empezó siendo neutral, con simpatías hacia los aliados, hasta que vino el ataque japonés a Pearl Harbor y entonces Bogotá, durante la presidencia de Eduardo Santos, rompió relaciones con los países del Eje, Alemania, Italia y Japón, confiscó sus bienes y recluyó a japoneses, alemanes e italianos en campos de concentración, uno de ellos, muy famoso, en el hotel Sabaneta de Fusagasugá, y otro en un pueblito cerca de Cachipay. Como la guerra siguió y la región se volvió importante por el canal de Panamá, la marina de guerra alemana hundió tres barcos colombianos en aguas del Caribe, así que el país entró en «estado de beligerancia». La mayoría de los colombianos aprobaban las decisiones de Santos, pero eso no quería decir que no existiera la otra cara de la moneda: una Bogotá nazi, antisemita y fascista, entusiasta de Hitler y su milagro económico, maravillada con las proezas militares del Tercer Reich. Ellos preferían una victoria alemana y una nazificación completa de América Latina, pues en los demás países, sobre todo en Brasil, también había poderosos grupos nacionalsocialistas.

Ahora tendría que hacer un esfuerzo aún mayor y transformarme en insigne novelista de guerras, una especie de Walter Scott del siglo xx, pero la verdad es que en la apacible Bogotá de esos años la guerra mundial —apacible si se la compara con lo que pasaba en el resto del mundo— sí que dejó huella, pues según afirman los historiadores, los nazis locales llegaron a planear un golpe de Estado contra el gobierno liberal de Santos, obviamente con la complicidad de los conservadores y su líder, don Laureano Gómez, y si bien este golpe no cuajó sí tuvo sus secuelas, como el periódico *La Nueva Colombia*, filonazi, que empezó a circular en septiembre de 1940 con elogios a Hitler, Mussolini y Franco, y que fue parte de algo que se llamó, como en la España de la Guerra Civil, una «quinta columna» para tomar el poder desde adentro, aliada al Partido Conservador.

¿Y de dónde salía la plata para financiar todo esto?, se preguntan los historiadores. Pues de las casas comerciales alemanas, sobre todo de la farmacéutica Bayer, de la casa comercial Helda y las máquinas de coser Pfaff. Se dice que incluso pagaban los sueldos de los funcionarios de la legación alemana. Según consta en los archivos del FBI, el secretario de esa oficina, Hans E. Reigner, fue el jefe de la Gestapo en Colombia por ser miembro de las SS y colaborador cercano a Hitler.

Pero no todo era tan diáfano. Si bien el gobierno liberal de Santos le declaró la guerra a Alemania, tampoco se destacó por ser amigo de los judíos o comprender su difícil situación. Todo lo contrario. Por influencia de su ministro de Relaciones Exteriores, don Luis López de Mesa, la cancillería colombiana ordenó a sus cónsules negar visados a familias judías que huyeran de Europa. ¡Qué valientes y aguerridos nuestros próceres! ¡Y qué visionarios!

Papá y mi tía eran aún sólo dos niños que jugaban en el antejardín de su casa, siempre aquí, en el barrio Chapinero, cerca de los cerros. Jugaban a la guerra, o al futuro, que es el juego por excelencia de los niños. Cada uno tenía su mundo y sólo se encontraban en las zonas comunes.

—Tu papá era muy tranquilo y silencioso —decía mi tía cuando yo preguntaba por él—, tanto que era capaz de quedarse absorto, mirando algo en completa quietud durante varios minutos, cosas como un árbol o un insecto, o un chorro de agua en la quebrada, o la forma del musgo en las piedras. Era observador, analítico, obsesivo. Siempre jugaba lejos de los demás y hacía preguntas incómodas que los adultos no siempre sabían responder. Le gustaban la leche con bocadillo y las brevas en almíbar. Tenía paladar dulce, a diferencia de mí, que no lo soporto.

¿Qué más había en esa Bogotá lejana de los años cuarenta y cincuenta?

Jorge Eliécer Gaitán encendía a las masas liberales con sus arengas, diciendo, «¡No soy un hombre, soy un pueblo!»; el candidato liberal Gabriel Turbay se enfrentaba a Gaitán, dentro del mismo partido, para defender la hegemonía del sistema oligárquico, y Gaitán lo atacaba con un eslogan que hoy nadie aceptaría, «¡Turco no!», haciendo el elogio de los «vientres colombianos». Se inauguró el edificio del periódico *El Tiempo* en la avenida Jiménez y, dos años después, vino el asesinato de Gaitán, el Bogotazo y la ciudad en llamas. Fidel Castro y el poeta Nicolás Guillén estaban por casualidad en Bogotá. Continuó la violencia y los conservadores ganaron las elecciones; García Márquez publicó sus primeros cuentos en *El Espectador* y pronto una extraordinaria novela, *La hojarasca*, en la editorial S.L.B.; empezó a circular la revista *Mito* y Bogotá se convirtió en un hervidero de poetas, León de Greiff publicó el *Fárrago V Mamotreto*, los arquitectos Le Corbusier, Paul Lester Wiener y Josep Lluís Sert diseñaron el Plan Regulador y el Plan Piloto, con la idea de darle una ruta urbanística a la capital en las siguientes décadas; llegó de Buenos Aires la edición de *Los elementos del desastre*, de Álvaro Mutis, y pronto se publicó *Reseña de los hospitales de ultramar*, como separata de *Mito*; se construyeron el hotel Tequendama y la biblioteca Luis Ángel Arango, la calle veintiséis y el Jardín Botánico. La Bogotá que yo conocí se iba formando poco a poco, pero faltaban aún demasiadas cosas en el mundo…

Las mismas que faltarán hoy desde la perspectiva de quienes habitarán el futuro, el cual sólo puede ser interrogado por la poesía. Imaginar el pasado es cosa más factible, trabajo de novelistas. ¿Cómo será la Bogotá del año 3000?

La idea de la posteridad, al menos en el mundo literario, es necia y contradictoria. Los mismos críticos que hoy abominan del bajo rendimiento intelectual de los jóvenes, que la verdad es que ya no leen nada que sea un poco largo, son los mismos que luego proclaman que la posteridad se encargará de depurar las obras del presente, pero yo me pregunto, ¿cómo las va a depurar si esa posteridad estará habitada por esos mismos jóvenes que no leen ni les interesa nada que dure más de cinco minutos? Somos la posteridad de Shakespeare y de Proust y los seguimos leyendo, pero puede que seamos la última generación que lo haga, lo mismo que a Cervantes y a Balzac. Y así, ¿qué importancia puede tener para nosotros una posteridad que prescinde, gradualmente, de todo lo excelso? Será apenas lógico que todo lo que hoy tiene cierto valor muy pronto desaparezca. Incluso que caiga en el más completo olvido. Por eso lo único que tiene sentido es escribir para el presente, donde aún sobreviven un puñado de lectores que aprecian la literatura en los mismos términos. Un fin de fiesta que hay que agotar hasta el último suspiro.

Otra cosa son los libros científicos, como mi *Estudio sobre el español del Caribe y su relación con las lenguas creoles,* que por ser un texto de investigación lo normal es que con el tiempo sea superado y olvidado cuando los estudiosos del futuro, con instrumentos técnicos más precisos y nuevas teorías vanguardistas, llegarán más lejos y harán progresar en forma global el ingenio humano.

Pero otra vez me salí del tema, así que regreso a la Bogotá de mediados de siglo.

Ya dije que mi tía se educó en el Liceo Francés, una educación privilegiada y moderna, con la mirada puesta en las ideas y la Ilustración. De ahí le viene su interés por los idiomas, sobre todo los europeos. También por esos años leía a Amado Nervo, la poesía de Lorca, los sonetos de Bécquer y, en Colombia, las novelas costumbristas de Tomás Carrasquilla y Eustaquio Palacios que veía en la clase de español. Con los años fue afinando sus lecturas e incluso leyó a Vargas Vila, cuya leyenda de autor maldito le pareció el mejor ejemplo del provincianismo, pues considerar «maldito» a semejante autor tan engolado y clásico era casi un chiste para ella, que ya había leído en francés a Pierre Louÿs y a Évariste de Parny y a Aloysius Bertrand, e incluso conocía las traducciones de los epigramas de Catulo y de los *Sonetos lujuriosos* de Pietro Aretino. Puede que en su época Vargas Vila fuera escandaloso, pero la verdad es que hoy sus obras son tan eróticas como puede serlo un calzoncillo largo o unas pantuflas. Para ella, los poetas colombianos eran mejores que los novelistas. Silva, Barba Jacob, De Greiff.

—Sólo con esos tres —decía— ya se puede construir una tradición poética.

En los estantes de su dormitorio había algunos poemarios de Silva que ella a veces leía al despertarse o justo antes de dormir. También allí volvió a colgar un cuadro que la ha acompañado en todas sus casas, una reproducción bastante buena e incluso firmada de *Vista de Delft*, de Vermeer, con las mismas dimensiones del original, 96,5 x 115,7 cm. Nunca le he preguntado directamente por el origen de ese cuadro, pero tengo la sospecha de que fue un regalo de algún pretendiente especial y por eso le gusta tenerlo cerca. Debo decir que los pocos hombres que pasaron por la vida de mi tía, los que soportaron sus huracanados cambios de humor y su afilada inteligencia, debían de ser, además de pacientes, cultos, progresistas y elegantes, poco menos que curadores de museo, pues les exigía una altísima cultura en artes plásticas. Tal vez por eso se llevó grandes decepciones —que no se molestaba en disimular, todo lo contrario— cuando algún acompañante fruncía el ceño y no lograba seguir una de sus conversaciones sobre pintura clásica.

Recuerdo en especial a uno de ellos, Francisco, su novio mexicano. Se llamaba Francisco Casavella Laiseca, escritor y diplomático, ministro consejero en La Haya y luego embajador en Japón, que varias veces estuvo con nosotros y nos acompañó a casi todos los museos de Holanda. En términos de mi tía, fue el más cercano a la perfección. Un especialista en arte, por supuesto, políglota, intelectual de izquierda y muy estructurado, que además sabía manejarse con una carta de vinos en cualquier restaurante de París, Madrid, Santiago de Chile o Roma.

Personajes como Francisco Casavella Laiseca, hoy, nos parecerían contradictorios y un poco cursis, pero a principios de los setenta, cuando mi tía y él se conocieron, una parte de la izquierda latinoamericana era así, sobre todo la que andaba por Europa, de modo que su manera de proceder era normal, pues decían que no había nada más revolucionario que la cultura y la libertad de elegir entre lo más excelso. Francisco, además, era un gran viajero y admirador de culturas antiguas, desde Mohenjo-Daro hasta Machu Picchu, de los nabateos de Petra a los guerreros de Xi'an, de los inuit de Groenlandia a los maoríes de las islas del Pacífico, todo le interesaba, y en sus historias el mundo entero parecía un escenario del que él hablaba con una pasión infecciosa, salpicando sus largas explicaciones con anécdotas de viajes por lugares remotos, lo que embrujaba aún más a mi tía. A esto debía sumarse lo que ya mencioné y es que era escritor —aunque no muy célebre—, y para ella, que admiraba tanto a México, en la suprema categoría de «escritor mexicano».

Aquí vale la pena hacer una digresión, pues, por una increíble casualidad, mi tía conoció en París, a mediados de los años cincuenta, nada menos que a Gabriel García Márquez. Era una jovencita enviada por su padre a pasar una temporada de vacaciones que le permitiera perfeccionar su francés, y García Márquez, un corresponsal de prensa que muy pronto se quedaría sin trabajo. Cuenta mi tía que una tarde, después de pasear todo el día por el Museo del Louvre, fue a sentarse en uno de los sillones del jardín de las Tullerías, frente a una fuente circular, para leer poemas de Barba Jacob, cuando un señor de bigote grueso y acento costeño se le acercó y le dijo, «caramba, ¡qué iba yo a pensar que me encontraría aquí a una lectora de Barba Jacob!», y acto seguido se puso a recitar *Canción de la vida profunda* y luego la *Balada de la loca alegría*. A mi tía le encantó su desenfado, aunque la sorpresa y el acento costeño le dieron un poco de miedo, pero lo pintoresco del tipo hizo que bajara la guardia y, según me dijo, tras una charla se fueron a caminar por los muelles del Sena y después al Barrio Latino, de ahí fueron a visitar el cementerio de Montparnasse, por idea de él, para mostrarle la tumba de Baudelaire —la de César Vallejo aún no había sido transferida y seguía en el cementerio del suburbio de Montrouge—, y después, encantada con la sabiduría y la cultura de este extravagante compatriota, lo invitó a cenar con la plata que le había dado su papá, pues el joven escritor no tenía un peso, fumaba como una chimenea cigarrillos negros Gauloises y parecía muy hambriento. Él mismo le propuso ir a Le Petit Saint Benoit, un bistró cerca de Saint-Germain-des-Prés, donde conoció a otros jóvenes colombianos, entre ellos al abogado Luis Villar Borda, que más tarde sería uno de sus grandes amigos.

A partir de ahí se vio casi todos los días con el escritor costeño y, según ella, varias veces le leyó partes de lo que estaba escribiendo —hoy sé que era *El coronel no tiene quien le escriba*—. Por supuesto que siempre tuve la duda de si había tenido un amorío con él, pero jamás me atreví a preguntárselo. No tendría nada de raro, visto el talante seductor de García Márquez. De esos años, en todo caso, a mi tía le quedó el amor por los escritores y la idea de que la mayoría son seres frágiles, divertidos y por lo general muertos de hambre. Por eso al conocer a Francisco —aunque fuera muy adinerado— y leer sus poemas quedó prendada, y ahora que lo evoco y pienso en los años, compruebo que fue su relación más duradera. Creo recordar que incluso tuvieron el proyecto de convivir, pues en una época ella habló con entusiasmo de la compra de un apartamento en Nueva York, donde él estaba en ese momento en puesto, y fuimos en muchísimas ocasiones. Pero al final nunca lo hicieron. Fue mi tía quien lo dejó, pues uno de los inquietantes recuerdos de esa época es el de estar a su lado, en la biblioteca, ella bebiendo ginebra sin parar y oyendo el timbre del teléfono decenas y decenas de veces, sin responder, abrazándome y retirándose lágrimas.

Tal vez fue Francisco quien le regaló esta reproducción firmada del cuadro de Vermeer, y no hay duda de que en él hay algo que refiere al intenso amor que se tuvieron. Cada vez que fuimos a La Haya, en la infinidad de peritajes legales que mi tía hizo para el Tribunal Penal Internacional como especialista de Naciones Unidas, encontrábamos el tiempo para ir al Museo Mauritshuis, aunque fuera sólo por un momento, a ver el original de *Vista de Delft*, y mi reacción al tenerlo delante, en la sala, siempre fue la misma: sentir que estaba en el dormitorio de mi tía.

A ella le gustaba mencionar que en una ocasión, durante una cena, oyó hablar al maestro Fernando Botero sobre ese cuadro. Dijo que debería llamarse *Vista del cielo de Delft*, pues, ¡qué cielo!, exclamó Botero, explicando a los comensales que en los paisajes de la pintura holandesa el cielo ocupa la mitad o más del cuadro, ya que en Holanda no hay montañas ni lomas, y por eso la tierra es apenas una franja a la altura de los ojos. Ese museo, por cierto, tiene varias joyas. De Vermeer también, nada menos que *La joven de la perla*, y de Rembrandt, *La lección de anatomía de Nicolaes Tulp*.

Además de ese cuadro, mi tía tiene en su dormitorio porcelanas valencianas de Lladrò, un par de bailarinas y un ángel que parece haber caído del cielo y estarse preguntando aún qué fue lo que le sucedió. Esas figuras son herencia de su madre, mi abuela Julia, que murió muy joven de tisis, ese mal de poetas y pintores parnasianos.

La abuela Julia era bogotana pero desde niña fue a vivir a Bélgica, y allá estudió en un colegio para señoritas con especialidad en idiomas, piano y costura. Al regresar a Bogotá, ya adolescente y lista para casarse, enfermó de los pulmones por las constantes lluvias y, según mi tía, por la altura, y por las secuelas de eso y la insuficiencia en la medicina de esos años murió antes de cumplir los treinta. La fragilidad de los pulmones, por cierto, es algo que pervive en la familia. Yo ya he estado hospitalizado dos veces por un extraño virus, el Hanta, que cada seis o siete años me provoca fiebres, pérdida de equilibrio, náuseas y fatiga crónica.

Mi tía conserva en la memoria recuerdos de su madre: en uno, la abuela Julia es apenas una joven de veintisiete años y está con su familia en una finca, a las afueras del Espinal. Se están bañando en un río y al lado, no lejos de la orilla, se ven los restos de un banquete. Los empleados recogen lo que queda de un asado, lavan los platos aguas abajo y ordenan la vajilla y los manteles. De repente llega una cuadrilla de hombres a caballo, armados hasta los dientes y con perros.

—Nosotras estábamos aún con los vestidos de baño puestos —según me contó mi tía— y entonces mi papá, que en ese momento tenía 46 años, los enfrentó con su don de autoridad y les dijo que él era el propietario de esas tierras y de la hacienda La Unión y que estábamos pasando un día de recreo, así que los hombres ofrecieron disculpas por la intromisión y arrearon los caballos para irse, pero antes le hicieron algunas preguntas a mi papá. Estaban buscando a alguien y él les dijo que no había visto pasar a nadie por ahí en todo el día. La tarde de baño continuó y cuando estábamos ya listos para volver a la casa vimos regresar a la cuadrilla y cruzar el río. Sobre una de las bestias llevaban a un hombre amarrado de pies y manos, doblado en dos como si fuera un costal, con las piernas a un lado del caballo y el torso del otro. Cuando pasaron más cerca, quitándose los sombreros para saludar, vi que el hombre cautivo, en una extraña contorsión, tenía los ojos abiertos, congelados en una expresión de pánico, y que su cara golpeaba contra la gualdrapa al paso del animal.

Cuando se fueron, ella se acercó a mi abuela y le preguntó, ¿por qué lo mataron, mamá?, y ella le dijo casi sin inmutarse, por ser liberal. Entonces la niña se inquietó y volvió a preguntar, ¿y luego nosotros no somos también liberales? Ahí la abuela Julia la miró preocupada y, rascándose el mentón, le dijo, sí, pero ellos afortunadamente no lo saben; por eso es mejor estar callado, no contarle nada de nosotros a nadie.

La política, decía mi tía, era la verdadera enfermedad venérea del país. Casi más que el narcotráfico. Peor aún, pues de la política no se puede prescindir.

—Este es un país de campesinos ignorantes y católicos —decía— que matan a golpe de machete o a palo al que piensa distinto o al que contradice el misal, y creen que eso es hacer el bien, ¡imagínate el horror! Acá está todo por hacer y la verdad es que son contados con los dedos de una mano los que han comprendido la grandeza de la política. A la mayoría los han matado.

Así era la Colombia de esos años, y en cierto modo lo sigue siendo hoy.

—No olvides estas historias —decía mi tía— cada vez que te digan que los tiempos pasados fueron mejores, eso son pamplinas. Acá en Colombia nunca se ha vivido bien, ni antes ni ahora. Nunca ha habido tiempos mejores, ¡qué tontería!

Nosotros, en cambio, sí hemos vivido bien, y esa es nuestra secreta culpa, pero yo suelo tomarlo como una compensación al hecho trágico, accidental e innecesario que está en el centro de la vida de ambos. Aparte de eso no podemos quejarnos. Nunca nos faltaron recursos para disfrutar de lo que nos gusta, para ejercer nuestra cultura y curiosidad. Y siempre hemos podido vivir en casas cómodas y bien situadas.

«Houses live and die», dice Eliot.

Las casas viven y mueren.

La segunda habitación de mi tía es una oficina en la que guarda documentos, archivos y libros importantes. Hay un escritorio de madera de roble con flores talladas en las patas, cual planta trepadora, y remaches en cobre. Los cajones de este escritorio, que ella cierra con llave, están perfectamente ordenados, y a pesar de que hace unos años contrató a una secretaria para que escaneara y guardara en formato digital su archivo, ahí conserva los originales en legajadores plásticos, año tras año, lo mismo que sus libretas de notas, de un lado las profesionales, ligadas a su trabajo, con mención del año y el nombre de los casos legales a los que hace referencia, pero también sus diarios personales, una larguísima colección de cuadernos de diferentes tipos que mi tía me pidió destruir el día de su muerte. Por cierto que, al decirme esto, yo repliqué y le dije que me gustaría conservarlos, pero ella se ofuscó y tuvo casi un ataque de nervios.

—¡Ni se te ocurra!

En su opinión, un diario personal era por definición privado, un diálogo consigo mismo, y no podía ni debía tener otros lectores, ya que ninguna otra persona disponía de las claves y coordenadas necesarias para encontrarle un sentido, a menos que el diarista sea un impostor y lo haya escrito con el secreto y vanidoso deseo de publicarlo, lo que a ella le repugnaba.

—Sería incapaz de hacerlo con mis propios diarios —decía, contradiciéndose—, pero la verdad, sobrino, es que me encanta leer diarios de escritores, meter la nariz en sus vidas, conocer su intimidad, aun a sabiendas de que no son del todo sinceros, pues están sujetos a las limitaciones de todo lo que se escribe para ser leído. Los escritores que publican sus diarios juegan una vez más con la escritura. No son realmente diarios, sino escritos literarios que adquieren la forma del diario.

Entre los preferidos de mi tía, obviamente, estaban los diaristas franceses, Amiel, los hermanos Goncourt, Rostand, Paul Léautaud y Jules Barbey d'Aurevilly. Pero también los dramáticos diarios de Tolstói, con su obsesión por el sexo, y los diarios de Anaïs Nin, tan femeninos y eróticos. Los de

Jünger en París, durante la ocupación alemana, o los de André Gide, en la misma época, buscando muchachos en Egipto.

Toda prohibición es a la vez un llamado, un modo de atraer el viento en contra e invocar a esa mano que, subrepticiamente, rasga y abre lo que está oculto, y así, una vez hace ya varios años, saqué a escondidas una parte de sus diarios y papeles privados.

¡Leía y no daba crédito a mis ojos!

Comprendí por qué no quería hacerlos públicos, y yo mismo, sabiendo ahora lo que contienen, me lleno de inquietud cada vez que pienso en ellos. ¡Qué peligro si llegaran a caer en manos equivocadas! Dudo incluso si debo dejar testimonio en estas páginas.

Diré algo muy general.

Desde mediados de los años setenta aparece un nombre que se repite y que, a juzgar por la cantidad de entradas en las décadas siguientes, será fundamental para ella: Jacobo. En un hostal de tres estrellas en Madrid con Jacobo, asumiendo una identidad falsa; Jacobo pidiendo un consejo legal sobre esto o aquello, queriendo saber la constitucionalidad de esto otro (el detalle de estas consultas permanecerá secreto), Jacobo por aquí y por allá. ¿Y quién era este misterioso Jacobo? Pues nada menos que Jacobo Arenas, del Secretariado de las FARC. Las primeras menciones, como ya dije, se remontan a mediados de los setenta, cuando vivíamos en Bogotá, ella dando clases en la Universidad del Rosario y yo estudiando el bachillerato en el Liceo Francés.

Según se lee, era común que le llegaran extraños mensajes escritos a mano. «Doctora, el selvático la está buscando», y muchas otras formas: el primo pobre, el Tigre Mono, Kápax. Así lo menciona en sus diarios, a veces con un apodo o simplemente con la inicial, J. La primera mención fue tras una visita suya a Marquetalia.

«En la reunión de ayer, al final de la asamblea y cuando estaba por tomar un café con otros delegados, conocimos por fin a Jacobo Arenas, que representa al Secretariado. Viene de la selva, desde no se sabe dónde, ¡y qué personalidad tan tremenda la de ese hombre! Qué tipo interesante. Congeniamos de inmediato. Explicó sus puntos de vista de un modo tan preciso y sencillo que me dejó deslumbrada. Gran manejo de la teoría y las citas de autoridad. A partir de ahora será J, por si acaso. Tal vez no debería escribir sobre él, pero en este momento me es imposible».

Al leer esto me surgió de inmediato una pregunta: ¿fue mi tía militante de las FARC? Esta inquietud me rondó todo el tiempo mientras leía a escondidas su diario, pero la verdad es que nunca menciona entrenamientos ni aprendizaje de armas, aunque sí sus orientaciones políticas y sobre todo sus consejos legales, sus respuestas a un montón de interrogantes que ella, con su alta formación de abogada, les respondía con precisión.

Lo mejor, lo que más me intrigaba, eran sus breves comentarios apolíticos, en los que aparecía alguna nota personal. He hecho una muy breve selección:

«Anoche cené con J, luego dimos una muy corta vuelta a la manzana, que era su perímetro seguro. Qué bello es el centro de Quito».

«Al entregarle el pañuelo de seda que le traje me miró con esa sonrisa inteligente que tantas puertas le abre, hasta con los más duros del Secretariado. Agradeció el regalo diciendo que lo iba a usar sólo en ocasiones especiales».

«Ayer, la noche casi entera leyendo a Lukács, también a Durkheim y a Mauss, y por supuesto a Lévi-Strauss. Quiero saber más de antropología estructural para poder discutir con J a un nivel avanzado».

De los otros jefes, en cambio, hay apenas menciones pero siempre relacionadas con J. Se entiende que no conoció personalmente a Tirofijo, aunque hace algunos comentarios a la biografía de él publicada por Arturo Alape. Tras la muerte de Jacobo Arenas, en 1990, comienzan sus críticas a las FARC, las cuales van subiendo de tono con los años hasta volverse verdaderos libelos. Repudió sus pactos con el narcotráfico, el secuestro, el reclutamiento de menores.

«El tráfico de drogas es un aguacero que envenena y corrompe todo lo que toca —escribió en una de sus últimas menciones a la guerrilla—; así pasó con la política, el empresariado, la Iglesia, el ejército… ¡Corrompió incluso a la guerrilla! En épocas de Jacobo esto nunca habría pasado. Él no lo habría permitido».

Esas páginas eran prueba de una vida secreta que estaba en el origen de su radicalismo ideológico, y aun si con los años este se hizo más tenue, de vez en cuando volvía a surgir a través de sulfurantes diatribas. Recuerdo uno de sus últimos estallidos, a raíz de una noticia vista en el noticiero.

—No te dejes engañar por esa posizquierda rosa, más cerca del método Stanislavski que del compromiso político. Esa que se horroriza y sufre vahídos ante la verdadera, la del puño y la hoz y el martillo, y que le teme tanto o más que sus enemigos naturales, los capitalistas de derecha, porque es una izquierda que sólo gana batallas en cocteles y columnas de periódicos; una izquierda de azúcar, de periodistas aburguesados e intelectuales herederos de grandes fortunas que jamás han movido un músculo. ¡Como si fuera posible ser de izquierda con zapatos de porcelana! Esos tibios se horrorizan con los verdaderos camaradas de uñas rotas y dedos fuertes que tienen el alma en los brazos, en los pantalones engrasados por el trabajo, criados en casas sin electricidad, comiendo coliflor hervida en fogón de leña; claro, es gente de pueblo o de barriadas que a veces se equivoca y con sus errores crean leyendas negras, porque a la democracia, que es el estanque de recreo de la sociedad burguesa, nadie la juzga ni le hace preguntas, haga lo que haga, nadie le pide cuentas por más que acepte la esclavitud y el crimen o deje morir de hambre a sus niños. No olvides nunca, sobrino, que la verdadera izquierda, y me refiero a gente como Fidel o el Che, hace que estos caramelitos rojos de nuestras pendejas ciudades se hagan pipí en los pantalones. Y es que la Colombia de hoy dejaría perplejo al mismo Marx, porque aquí los pobres son de derecha y la burguesía de izquierda, pero claro, de esa izquierda de juguete, soldaditos de plomo girando en una pandereta, ¿te parece viable semejante adefesio? Alguien, en el fondo, está diciendo mentiras, o algo peor, está tomándole el pelo a la historia y a la gente y un poco a sí mismos.

Dejando el tema político, una de mis motivaciones para leer sus diarios fue buscar menciones a eso que nos pasó. Por supuesto que se refiere a ello, pero no hay nada distinto de lo que ya me había contado.

«Me dicen de la oficina de Bogotá que me comunique con urgencia, al parecer mi hermano tuvo un accidente».

Así aparece. Luego ella viaja y me encuentra a mí. «Mi sobrino va a vivir conmigo. Es un niño hermoso y lleno de carácter». También dice: «Nadie me ha podido explicar cómo pudo pasar una tragedia así. Mi hermano murió al intentar salvarla a ella. Un gesto heroico y honroso».

Entre los armarios de su despacho, repletos de documentos, hay un cajón en el que mi tía ha ido guardando las acreditaciones de los congresos a los que asistió a lo largo de su vida. Cartones plastificados con su foto y el nombre del evento que no están organizados por fechas, así que al abrirlo uno puede sacar cualquiera al azar, «III Congreso Mundial de Población, Dakar, 1979», «VIII Congreso Comunidades Africanas y Diáspora, Salvador de Bahía, 1987», una colección que siempre disfruté, no tanto por los lugares de cada congreso sino por los cambios en la fisonomía de mi tía, el color del pelo y sus peinados, los collares y cuellos de camisa, algunos extravagantes hoy, y sobre todo sus gestos.

Alguna vez pensé en ordenarlos para tener una secuencia de esos cambios físicos, del modo en que vivió la moda en sus diferentes épocas, y también sus expresiones, casi siempre de incredulidad o desprecio, alegría o rabia. Todo lo vivió con gran intensidad, en particular sus militancias e ideales políticos, y claro, esto fue trazando líneas en su cara que acabaron por ser permanentes, tallando su expresión con ciertos gestos, la mayoría de descreimiento o rechazo, aunque debajo, en trazos más suaves alrededor de los ojos o en las comisuras de los labios, también de afecto, entusiasmo e incluso de amor, un segundo mapa que yo puedo detectar en la misma cara en la que otros ven sólo dureza y fuerza.

Pero volvamos a la casa.

La tercera habitación, el salón en el que recibe a sus visitas y en el que tomamos el «té de la tarde», que, como creo haber dicho ya, es en las rocas, tiene un ventanal que mira hacia los techos de la ciudad por el costado occidental, y por eso nos gusta.

Para ver desde ahí el atardecer.

Cuando hay tormenta y se ven refulgir los truenos nos da la sensación de estar asistiendo a un ensayo general del fin del mundo o incluso a la bíblica batalla del Armagedón, de la que hemos visto imágenes en el arte.

«¡La cimitarra!», dice mi tía al ver un relámpago, desde su mecedora, al lado de la chimenea. Hay que decir que una de las ocupaciones de Abundio desde el día de la mudanza ha sido encender el fuego, de manera que a las cinco y media, cuando nos reunimos, ya el ambiente esté caldeado y las llamas altas, para que iluminen las paredes de ese modo particular y serpenteante que sólo logra el fuego. Entonces mi tía es feliz. Con su perrita que juguetea en torno a su mecedora, conmigo escuchando historias, con su vaso de escocés y su música de Schumann.

Es inmensamente feliz.

En ese lugar, para sorpresa y disgusto de algunos, la tía tiene un Mao en porcelana de unos sesenta centímetros, vestido en traje civil y con las manos atrás, a punto de iniciar un discurso. Está encima de un estante, en el sitio más visible. Por supuesto que ella conoce la historia y las revelaciones de lo que ocurrió en China durante esa época, pero aun así siempre lo defendió.

—Hay que ver lo que era China antes de él, sobrino, un lugar sórdido y retrasado en el que los europeos y sobre todo los ingleses tenían su patio de juegos, con las demostraciones más espantosas de racismo y desprecio. Si hubiera un tribunal de la justicia humana, Gran Bretaña debería ser condenada a dos siglos de detención por los crímenes que cometió en sus colonias, y sobre todo en China; fíjate, el colonialismo está todavía cerca en el tiempo, y por eso cuando la gente habla de los crímenes de Mao yo pienso que a esa misma persona, aparentemente sensible, no le importan o conmueven, en cambio, los crímenes de la Corona británica en China o India o Sudáfrica, porque la predominancia anglosajona hace que todo aquello parezca justificable por ser de otra época, sumido en un remoto pasado en el que todos los pueblos eran crueles, mientras que la crueldad de los demás nunca es remota ni justificable.

Mi tía había estado varias veces en Pekín, invitada por el gobierno a finales de los años sesenta, y luego en infinidad de visitas privadas (algunas conmigo), como ya mencioné. Su amor por ese pueblo era enorme. Uno de los más grandes si dejamos de lado a Cuba.

En el salón frente al ventanal, mirando el estallido de los relámpagos bogotanos, me explicaba por qué su mundo y el de hoy eran como dos planetas lejanos.

—En los sesenta queríamos cambiarlo todo —decía—, hablábamos del hombre nuevo, de la sociedad nueva. Aquí estábamos comprometidos con la izquierda y el Partido Comunista, y cuando fui a Europa a estudiar leyes noté el ambiente de exasperación, el descreimiento de la gente joven hacia el modelo racional que los había llevado a la guerra, a la destrucción, al Holocausto, y todos queríamos gritar, vociferar. Esto se vivía en todas partes. Tú ibas a Estados Unidos y encontrabas la atmósfera intoxicada, la «contracultura» como única salida. Vietnam los tenía acabados. De ahí el *rock*, las drogas, el sexo libre. Los ídolos eran cantantes drogadictos que morían jóvenes, y en Francia, donde siempre han sido más pacatos, el rey era Sartre con su existencialismo y luego Deleuze con su revolución permanente y el Mayo del 68.

De pronto mi tía, con algún relámpago o con ocasión de un nuevo sorbo a su vaso, se quedaba en silencio evocando algo. Yo esperaba, evitando respirar para que no se quebrara el delicado momento. Recostaba su cabeza y cerraba los ojos, movía levemente los músculos de la cara y así se quedaba un rato. A veces me acababa la ginebra y me servía otra, acechando su ensoñación de multitudes entusiastas y heroicos debates, que era lo que más extrañaba de su vida y que en el fondo no era otra cosa que su juventud.

Luego abría los ojos y retomaba la charla, como si no hubieran transcurrido más de dos segundos.

—Cuba, para nosotros, fue algo mágico... En medio de ese nihilismo se encendió una luz en el Caribe, allá, en esa isla que antes era un casino y un burdel de mafiosos gringos, y todos creímos en ella, todos fuimos a La Habana y se convirtió en nuestro templo, el espacio para nuestra juventud y nuestras ideas.

Ella fue de las primeras dirigentes estudiantiles en ir a Cuba después de la victoria de Fidel, y siguió yendo en los años sesenta y setenta. Más tarde tuvo algunas críticas referidas a la libertad del arte, que siempre fue, para ella, «el diente enfermo de Fidel», pero sólo las expresaba con personas amigas de Cuba. De cara a los adversarios siempre adoptaba la defensa.

Y ni hablar si eran de Colombia.

—¿Qué puede haber aquí, una sociedad feudal basada en el desprecio del campesino y del pobre, en la acumulación de tierras y prebendas, con una clase aristocrática avergonzada de su propia nación y de espaldas a ella, como para criticar el proceso revolucionario cubano?, ¿desde qué púlpito?

Cuando las noticias que venían de Cuba hablaban de presos y exilio a intelectuales, el entusiasmo menguaba pero su adoración se iba a la música, la pintura y por supuesto a la literatura. Se sabía de memoria poemas de Martí, de Lezama Lima (aquel de «Lento es el paso del mulo hacia el abismo») y de Nicolás Guillén (adoraba *Tengo*). Le gustaba la música de Carlos Puebla y repetía, siguiendo la canción y levantando el brazo, eso de «¡y en eso llegó Fidel!».

Con la vejez se radicalizó de nuevo; olvidó sus posiciones críticas y de nuevo, anclada a su juventud, no quería ni oír hablar de apertura o democratización en la isla, y sus argumentos volvían a ser los mismos de hacía cuarenta años: «¡Primero la dignidad!». La izquierda latinoamericana de los años sesenta seguía intacta en su cerebro a pesar de que ya estábamos en la segunda década del siglo XXI. Claro que le gustaban las nuevas izquierdas del continente, pero nunca la vi defenderlas con la misma fuerza y argumentos con que defendía a Cuba, que era su juventud y su mayor nostalgia.

Daniel Ortega, que tanto la entusiasmó a fines de los setenta, ahora le parecía un dictador y un grosero ladrón de erarios públicos. Ella había sido amiga de Ernesto Cardenal y sus opiniones sobre Ortega tenían que ver con el poeta, al que el régimen persiguió y acorraló, hasta el punto de bloquear la cuenta bancaria de su comunidad en Solentiname. Mi tía lo defendió, junto con el novelista Sergio Ramírez y el cantante Silvio Rodríguez, quien, en un reciente viaje a Managua, se negó a cantar *Canción urgente para Nicaragua* diciendo:

—Esta canción yo la hice para otra época del país, no tiene nada que ver con lo que se vive hoy.

La vejez ama la propia juventud y era justamente eso lo que mi tía, en el fondo, intentaba proteger.

Pero volvamos al recibidor.

¿Qué más cosas había en él?

Estaban sus alfombras persas, tejidas en Isfahán, herencia de un tío suyo que no tuvo hijos y del cual, por cierto, recibió una importante cartera de acciones de empresas nacionales, entre ellas la antigua Colombiana de Petróleos (que, por cierto, donó a una asociación humanitaria para dar becas en universidades privadas). Otras alfombras, de colores fuertes, daban una atmósfera de confort y calidez que, según ella, tenía relación con el verde y el oro, los colores del paraíso islámico. Según me hizo ver, en los desiertos árabes el verde es la vida, el oasis, el agua.

—Acuérdate de Siria y Egipto, o incluso de Abu Dabi —me dijo.

Mi tía guardaba aquí sus verdaderas joyas, las compras de más valor a lo largo de su vida. Era el caso de los retratos de la emperatriz regente china Zinshí y su marido, el emperador Xianfeng, dos dibujos en color sobre baldosas de porcelana, dos piezas originales de 1864 compradas en un anticuario de Macao en diciembre de 1999, cuando el gobierno chino le hizo una invitación oficial para asistir a la transferencia de soberanía de la antigua colonia de Portugal, exactamente el 20 de diciembre de ese año. Los tuvo colgados en casi todas sus casas, sin embargo en esta decidió guardarlos.

—Son demasiado valiosos y su exposición permanente los banaliza —dijo, cuando le pregunté por ellos.

En este mismo salón está su bar, que es muy diferente del mío, no tanto por el mueble, que es de madera, con cajones laterales de azulejo y una bandeja de mármol, sino por el contenido. En él predominan las coloridas botellas de Bristol Cream, Campari y Baileys. También un par de botellas de Hendrick's, su ginebra preferida, y una de whisky Chivas para el soroche.

La altura de Bogotá, esos increíbles 2.640 metros, daría para un libro de recetas contra el mal de altura y las muchas y muy variadas discusiones pseudocientíficas. La única verdad es que nadie comprende cómo a alguien en su sano juicio se le ocurrió fundar una ciudad en este lugar tan inhóspito y alejado del mar o de los ríos que cruzan el país. Habría que preguntarle al converso Gonzalo Jiménez de Quesada, a don Nicolás de Federmann y a Sebastián de Belalcázar, ¿en qué estarían pensando este trío de notables? Lo sabemos todos: en el oro, en el mito de El Dorado que, según creían, estaba en lo alto de las montañas.

La consecuencia de esto es que la altura y el consiguiente mal del soroche, con vértigo, dolor de cabeza, sensación de ahogo y, por esa misma vía, angustia, sirvieron de fundamento al ingenio capitalino para inventar remedios y mitos, y uno de ellos, el que pervivió en mi familia, es que hay que tomarse un whisky al llegar, pues ayuda a contrarrestar la disminución de oxígeno (hipoxia) que provoca bajar la presión atmosférica, lo cual relaja las venas y estimula la circulación de la sangre. Es posible, claro, pero lo más seguro es que sea otra de las muchas mentirillas que circulan por esta aldea con tal de incorporar como propia esa bebida escocesa que, en el fondo, se aprecia por imitación y un cierto sentido aspiracional.

Entre sus cosas más preciadas hay también una pequeña colección de bronces que ha ido comprando aquí y allá. Sus preferidos son dos reproducciones de obras de Donatello, el *David*, con su increíble fuerza, y *Judit y Holofernes*, esa imagen de la astucia y el sacrificio, esculturas que ella contempla en silencio, a veces durante horas, pues, según me explicó, curiosamente ve en ellas algo del probable destino de América Latina e incluso de otras regiones pobres o en vías de desarrollo del planeta. El *David* es la versión heroica y *Judit* la cínica. El primero se enfrenta al enemigo a pecho descubierto a sabiendas de que es más débil y lleva las de perder, pero su astucia y heroísmo lo recompensan. En la segunda Judit, también siendo la parte frágil, no se enfrenta directamente al enemigo y su astucia se manifiesta a través del engaño, el cual incluye la seducción para desarmar al enemigo y cortar su cabeza una vez que este, satisfecho, duerme en brazos de su supuesta amada. Esta versión, por cierto, sugiere que para la mujer el sexo es un arma válida para equilibrar fuerzas.

Uno de los pocos amigos de mi tía, muerto ya hace años, fue un viejo intelectual francés bastante cínico, monsieur Echenoz, que vivía también en el barrio, cerca de la calle 57, y que en otra época solía venir a visitarnos al menos una vez por semana, de modo que tomábamos el trago de las tardes con él comentando la actualidad del país y del mundo. Para Echenoz, el cuerpo era el arma más poderosa de la mujer, más que la bomba de neutrones, pues el mundo, dirigido en su casi totalidad por hombres hambrientos de sexo, «no cuenta aún con un escudo que contrarreste el increíble poder de la vulva», y lo raro, decía Echenoz, es que las mujeres, a pesar de saberlo, ¡en realidad la usan tan poco! Sólo para sus pequeños logros individuales, pero no para cambiar la sociedad.

Nunca olvidaré una de sus visitas, sentado en ese salón con una copa de ginebra, teorizando sobre el poder del sexo femenino. Lo que dijo esa noche me pareció tan notable que fue a parar a uno de mis cuadernos de notas, que por fortuna he conservado.

Estas fueron sus palabras:

«La cultura occidental fue siempre falocrática y por eso el sexo de la mujer nunca se definió por sí mismo sino por la ausencia de un pene, de ahí el misterio y las leyendas: que la exhibición de la vulva tenía el poder de resucitar a los muertos, que poseía facultades *apotropaicas* (combatía el mal), que alejaba al diablo y podía salvar a la humanidad. Dice la historiadora Mithu Sanyal que, en la antigua Grecia, "las mujeres de la ciudad de Xantos repelieron al invencible Belerofonte con una exhibición colectiva de sus vulvas", y ciertas tribus del norte de África aseguran que ante la visión de un sexo femenino los leones se dan vuelta y huyen. Sigmund Freud equiparó la cabeza de la Medusa con la vulva y afirmó que quien la contemplara se convertiría en piedra, tal era la fuerza de ese misterio que permanecía oculto debajo del vello».

Luego, sirviéndose más hielo y otro generoso chorro de Hendrick's, Echenoz agregó lo que más me podía interesar, desde el punto de vista de la filología:

«Ese misterio se transfirió al lenguaje: ¿cómo referirse a ese hueco en el cuerpo de la mujer? Hay acepciones médicas o palabras vulgares, pero las jóvenes o las niñas no saben cómo referirse a su propio sexo y dicen cosas como "ahí abajo", o eufemismos como "botón", "concha", "preciosa dama". Por eso el pelo cobertor, esa suave y tersa vegetación, no sólo protege una parte sensible del cuerpo sino que, para la psiquis, oculta algo perturbador.

»Tanto que el arte grecolatino, lo mismo que el del Medioevo y el Renacimiento, se olvidó por completo de la vulva:

un pubis plano y neonato o un cruce de piernas o una mano o una hoja lo ocultan, mientras que el pene es el gran protagonista. ¡Su majestad el pene! Los museos, iglesias y plazas de Europa están repletos de penes esculpidos en mármoles y bronces, delineados sobre lienzos o en frescos, a veces ocultos con una pudibunda hoja de parra. Zeus, Poseidón, las diversas representaciones de Príapo o de Hércules, el *David* de Miguel Ángel, el *Plutón* de Pinturicchio que rapta a Perséfone y va corriendo con el pene al aire. Sólo en la plaza de la Signoria de Florencia hay tres gigantescas estatuas que exhiben el pene a tutiplén: Neptuno, David y el Perseo de Cellini. ¡Y ni una sola vulva!

»En la prehistoria sí hay imagen del sexo femenino con sus diferentes atributos: las *Venus esteatopígicas* de las culturas prehispánicas, esas piezas de cerámica o talladas en piedra con la hendidura del sexo bien marcada, por lo general sin pelo, pues es la hendidura la que representa la fertilidad. En la India, en Kajurao, los templos dedicados al matrimonio de Shiva con la diosa Kali contienen penes y vulvas por doquier. Pero es que los indostánicos nos llevan varias leguas en este tema. Entre nosotros hubo que esperar hasta 1886 para que Gustave Courbet pintara *El origen del mundo* y le diera a la vulva, por fin, ese primer plano que el arte occidental le había negado durante siglos y que ya clamaba al cielo. ¡Y con todo su pelo!».

Mi tía se reía a carcajadas, y le decía, españolizando su nombre, oh, Eduardo, sólo a ti, que hablas como si estuvieras dando una conferencia en la Sorbona, te permito usar esos términos en mi casa y delante de mi sobrino, de lo contrario te sacaría a patadas, pero es que… ¡eres tan gracioso! Acto seguido agarraba la botella de ginebra del cogote y volvía a llenar los vasos de todos.

Ah, pobre Echenoz, que murió de un cáncer de sistema linfático generalizado en medio de tremendos dolores. Como si al final la vida le hubiera pasado factura por haberla comprendido y analizado en forma tan descarnada.

Pero volviendo a las cosas de mi tía, hay también en este salón una pequeña biblioteca muy selecta con libros que no son de lectura rigurosa sino más bien de consulta, y por eso son sobre todo de pintura, arquitectura y fotografía. La mayor parte del tiempo, aparte de leer los periódicos y ponerse al día en filosofía jurídica, lo pasaba mirando láminas en estos libros, y le producían un especial placer tanto las obras del Renacimiento italiano como la pintura expresionista o incluso la arquitectura, de modo que sus tardes, de acuerdo a su humor o a lo que hubiera acontecido en el día, podían oscilar entre las bailarinas de Degas o las muy racionales construcciones de Mies van der Rohe, en particular el Pabellón Alemán de Barcelona y muy especialmente la Casa Farnsworth, en Illinois, que yo también admiraba por esa sensación de pureza, libertad y respeto al entorno que transmite.

Fue en ese mismo salón, varios meses después, cuando, no recuerdo a cuento de qué, dijo de pronto:

—Es increíble todo lo que puede uno ignorar de la gente que quiere.

Y como para explicarse me habló por primera vez de otro de sus grandes amores, un empresario ecuatoriano que, sin yo saberlo, habría casi desbancado al escritor mexicano y estuvo a punto de cambiar nuestra vida para siempre. Lo conocí y recuerdo sus visitas, pero nunca supe la importancia que tuvo para ella. Esto debió ser, según mis cálculos, a principios de los ochenta. Se conocieron en Roma, él convocado como técnico para una reunión del Programa Mundial de Alimentos, pues trabajaba con una multinacional agrícola en América Latina y África, y ella como consultora. A partir de ahí empezaron a frecuentarse, un poco acá y allá, siempre en viajes. Una vez vino a Bratislava, donde vivíamos, y fue ahí que lo conocí. Se llamaba Casimiro Dobry. Un hombre alto y fornido, de ojos azules; de familia judía aunque no practicante. Según me aseguró esa tarde, acariciando a Pasionaria, fue el más intenso y completo amor de su vida.

—Era culto y con sensibilidad social. También muy refinado, aunque esto sólo me importaba si iba precedido de los dos primeros —dijo mi tía—, y por eso visitábamos galerías de arte e íbamos a conciertos, pero también a marchas a favor del pueblo palestino y por la liberación de Mandela, esa era la vida de esos años, sobrino, era mucho más fácil que ahora saber quién estaba de tu lado, cosa que hoy es bastante imposible porque todo el mundo tiene el mismo discurso, pero en fin, Casimiro debía viajar mucho para atender los negocios de su firma agrícola y así nos frecuentamos cerca de un año, hasta que una vez me invitó a Quito, y me dijo, quiero que conozcas mi mundo, y yo no lo dudé un segundo. Claro que ya conocía Quito, una ciudad blanca en lo alto de las montañas, con una pobreza y una desigualdad y sobre todo un racismo aterradores, en fin, nada muy diferente de lo que se ve en toda esta región andina, pero con gente afable, sin esa grosería y violencia de los colombianos, no, los ecuatorianos son gente pausada y paciente, lo que demuestra una sabiduría ancestral, y en fin, allá aterricé dos semanas después para estar unos días, tú te quedaste en Bratislava e hiciste un paseo con los compañeros del colegio, creo que fuiste a unos lagos, no recuerdo bien, el caso es que al llegar a Quito Casimiro me llevó a su apartamento, con vista a los volcanes, pero ya esa misma noche comenzaron las cosas raras. Después de una cena muy sabrosa, me dijo algo así: «Las persianas están en el congelador, lleno de manzanas y muebles, así que vamos a sentarnos en el *parking* y tomamos dos lámparas».

Al decir esto, Tránsito, que estaba cambiando la hielera, no pudo evitar una carcajada.

—Me reí, pero Casimiro hizo ademán de no comprender mi risa, así que no hice más comentarios y esa noche no pasó ninguna otra cosa extraña. Al día siguiente, hacia el mediodía, mientras dábamos una vuelta por las iglesias del centro, me dijo: «Si quieres corazones lámparas moscas un cuaderno y después donde las moras, ¿regresar azul?». Miré sus pupilas y vi que estaban fijas. Algo no andaba bien en su cabeza. Le pregunté cómo se sentía y movió la cabeza afirmativamente, pero dijo, «entelequia flores peces», y se echó a reír, así que me alarmé. Lo primero que me vino a la mente fue un tumor en el cerebro haciendo presión sobre el lóbulo del lenguaje. Propuse ir a un hospital y aceptó, diciendo, «lápiz no por». Ahí un neurólogo confirmó que podía tener un tumor y le pidió a Casimiro hacerse de inmediato una TAC y otros exámenes. Él dijo que sí con la cabeza, aunque las palabras que salieron de su boca fueron «candado arrecife él aún», y se lo llevaron. Yo me quedé sentada en la sala de espera y al cabo de una hora el mismo doctor salió y me dijo, señora, disculpe lo que le voy a preguntar, pero, ¿es usted la esposa del señor Dobry? Le dije que no estábamos casados, entonces él dijo, mire, hay que operarlo de urgencia, tiene un enorme tumor en el cerebro, como me temía, y cada segundo es vital. Le pido que firme estos documentos autorizando la operación, como si fuera usted la cónyuge. ¿Qué iba a hacer yo? La vida de él estaba en juego y por supuesto firmé. Luego, como era una clínica privada, pidieron la póliza del seguro médico de Casimiro para saber si cubría este tipo de intervenciones, pero yo les dije que no sabía nada de sus seguros y les di mi American Express, diciendo, usen esto como garantía mientras voy a su casa y trato de comprender mejor todo.

Mi tía continuó diciendo:

—La operación iba a durar unas diez horas, así que tenía bastante tiempo. Pero ahí comenzaron mis problemas. Casi no me acuerdo del piso y luego estuve un rato con la llave, dándole y dándole. Cuando al fin logré entrar, me dije, ¿a quién puedo llamar? Tenía el teléfono de una oficina en Nueva York, pero era viernes en la noche. Llamé y, por supuesto, nadie respondió. Recordé que Casimiro me había hablado de una hija que vivía en Suiza, pero no recordaba su nombre y no tenía cómo localizarla. Lo primero que hice fue ir a su estudio, donde hasta ahora no había entrado, con la idea de buscar una libreta de teléfonos. ¡Los cajones del escritorio estaban cerrados con llave! Un minuto después decidí forzarlos con un cuchillo, y así encontré una libreta. Había números de personas en un montón de ciudades, y debí deducir que aquellos sin prefijo eran de Ecuador. Marqué al azar y una voz femenina contestó, algo contrariada, ¿sí? Dije que llamaba de parte de Casimiro Dobry, pero la mujer no recordaba a nadie con ese nombre. Le expliqué la situación y un rato después dijo, ah, sí, mire, yo soy quinesioterapeuta, le hice un tratamiento al señor Dobry hace como tres años, no sé nada de él. Igual que yo, pensé. Seguí la búsqueda hasta dar con una agenda del año anterior que me ayudó a comprender un poco las cosas. Ahí se consignaban citas y viajes, contactos. Encontré mi nombre muchas veces y mi propio número. Si esto le hubiera pasado a otra persona podría haberme llamado a mí, pero yo ¿a quién podía llamar? Así estuve hasta la madrugada, sin saber qué hacer, y tan pronto amaneció regresé al hospital. El médico de la víspera, al verme, me dijo, señora, la estaba buscando con urgencia, el señor Dobry acaba de entrar en coma. Me quedé de piedra, ¿qué pensar? Estaba tan confusa que ni siquiera lloré, y pasé la mañana sentada a su lado.

En este punto, mi tía se tomó un sorbo largo de su whisky, luego continuó su historia.

—Hacia el mediodía murió. En lugar de llorar lo que hice fue preguntar qué tipo de intervención le habían practicado y en qué punto había ocurrido el coma. El cirujano me lo explicó en forma rápida: señora, al hacer una incisión en el córtex para determinar la profundidad del tumor, hubo una hemorragia muy fuerte que obligó a practicar una obturación de venas que, a su vez, puso el cerebro en coma artificial, de donde ya no se despertó. No entendí bien, pero debí hacerme cargo, reconocer el cuerpo y firmar los documentos de la defunción.

»Al volver al apartamento tuve una idea y fui a revisar las agendas del año en curso, que estaban en otro de los cajones, hasta dar con un número que me pareció posible, también con nombre de mujer. Era de Suiza y la persona se llamaba Serena. Lo marqué con el corazón a punto de salirse del pecho, y al cabo de ocho timbres alguien contestó. ¿Serena? Sí, respondió la voz. Le expliqué todo, pero resultó no ser la hija sino una exsecretaria de Casimiro. De ella obtuve el nombre y el número de la hija, Sarah, y de algunos allegados en Quito. Los llamé y les conté lo que había pasado. Luego llamé a la hija pero no obtuve respuesta.

»Al volver al hospital me informaron que el entierro debía hacerse al día siguiente, pero yo dije, ¿y dónde lo vamos a enterrar? No sé, dijo el responsable de Medicina Legal: donde tengan ustedes a bien hacerlo, esta tarde debe tener arreglado eso con una funeraria. Me sentí en un filme de Hitchcock, pero por el amor que le tenía a Casimiro y la incredulidad seguí al frente de la situación. En esas estaba cuando, de repente, yendo por uno de los corredores del hospital, cinco hombres bajitos y vestidos de negro vinieron hacia mí. Me saludaron y se refirieron a Casimiro como su "hermano". Que yo supiera, les dije, él no tenía hermanos, pero ellos replicaron: que nosotros supiéramos, él no tenía esposa. Supe que eran "hermanos" pero de una logia masónica, la Logia Equinoccial del Ecuador.

»Con ellos fui a elegir la lápida, sobre la cual pidieron grabar una serie de símbolos lumínicos. Más tarde, en el hospital, me pasaron una llamada de Nueva York. Era su secretaria en la multinacional agrícola, contactada por la exsecretaria de Suiza. Me dijo que uno de sus agentes estaba aterrizando en ese momento en Quito y que a partir de ahí se ocuparían de todas las formalidades. Ya habían hablado con la hija y estaba en camino. Fui a la funeraria a despedirme de Casimiro y a saludar a los "hermanos" de la logia, y luego tomé un taxi al aeropuerto. No quise ni cruzarme con su hija, de quien Casimiro me dijo una vez que era una típica "niña rica latinoamericana", con la que tenía poco contacto. Cuando llegué a Bratislava y abrí la puerta de la casa, me eché a la cama y descansé dos días completos».

Al decir esto dio un profundo suspiro y volvió a cerrar los ojos. Por un momento creí que iba a llorar o que su presión estaba alta, así que, alarmado, me levanté y fui a pedir ayuda al cuarto de al lado, a la habitación de las enfermeras.

10. La habitación de las enfermeras

Tiene dos ventanas, una a la calle y otra al patio del garaje, frente a la de la habitación de mi tía. Además de dormitorio y sitio de descanso, es el lugar donde se guardan los aparatos médicos: el tensiómetro, pues a mi tía, con los muchos viajes, se le declaró una complicada hipertensión que se agravó con la edad, a pesar de los tratamientos con Losartán y Losazid. También los tubos de oxígeno, que en la noche le ponen para que pueda respirar sin ansiedad, y los diferentes pastilleros con los remedios de la mañana, la tarde y la noche, los cuales dan cuenta de las múltiples enfermedades y carencias que ella tiene y que la verdad nunca investigué de cerca.

Esa serie infinita de siglas y números me hace comprender sólo una cosa y es que mi tía puede morir en cualquier momento, no por ninguna enfermedad en particular sino por la suma de todas, el deterioro y las afecciones que le hacen muescas a su tiempo de vida, a veces sólo un pequeño rayón, pero que a su avanzada edad significa mucho.

Aparte de eso las enfermeras cuentan con aparatos que conectan directamente a su cama reclinable, que tiene cajones laterales y brazos móviles de los cuales pueden colgar bolsas de suero cuando la situación lo requiere o es necesario inocularle alguna medicina en la sangre.

El manejo de todo ese instrumental, más el de los aparatos que están en el baño, es una tarea de tiempo completo, pues a lo anterior debía sumarse un caminador con control del pulso cardíaco y una serie de aparatos eléctricos para hacer masajes en brazos y piernas que estimulen la actividad muscular, pues debido a la humedad o a la lluvia no siempre pueden salir con ella al parque. En esos casos le hacen los ejercicios en la casa, generalmente caminando con su bastón por el corredor y llegando desde el segundo patio a mi biblioteca.

11. La biblioteca

Los libros pueden hacer que una casa se transforme en fuego, en estruendoso vendaval de humo, pero aun así me ha sido imposible vivir sin ellos y por eso desde muy joven, casi desde los doce años, he ido haciendo una biblioteca, al principio con ediciones juveniles, obviamente, pero luego, a medida que crecía y que, por lo tanto, requería versiones más complejas del mundo, empecé con libros de grandes autores. En primer lugar los de mi lengua materna, que en el fondo suelen ser los más útiles, y luego, a medida que íbamos de aquí para allá con mi tía, en otros idiomas, incluso en aquellos en los que apenas puedo comprender algo, como el alemán. En una ocasión, en Leipzig, no pude resistirme a adquirir en una librería de viejo las obras completas de Thomas Mann en la gran edición de Fischer Verlag. No puedo y nunca podré leerlos, pero me alegra saber que están ahí.

De mi tía heredé la idea de que si un autor me interesa debo leer absolutamente todo lo que ha escrito.

—Mira que es difícil encontrar gente notable en este mundo —solía decir—, y por eso si encuentras alguno debes agotarlo, lo que quiere decir, etimológicamente, extraer de él hasta la última gota. Para eso escriben los escritores, para ser agotados por sus lectores.

Y es lo que hago: obras completas de muchísimos autores en literatura y poesía, incluso en teatro. También libros teóricos. Los padres de la ciencia de la filología. En primer lugar, esto ya se lo imaginará el lector, Rufino José Cuervo, en cuya obra trabajó también papá. Cuervo fue una persona afortunada, con una vida de riqueza y pocos sobresaltos.

Vidas ejemplares. Vidas felices.

Junto a Cuervo, yendo a los orígenes del español, tengo el diccionario de Covarrubias, *Tesoro de la lengua castellana o española*, el primero de la lengua, del año 1611, basado en las *Etymologiae* de san Isidoro de Sevilla, donde hay entradas tan extraordinarias como esta:

«Pestañas: Los pelitos de las palpabras o parparos. Se golpean con frecuencia unos a otros, obviando a que no se entre en el ojo ninguna mota. Parpadear: mover los párpados. No parpadear: mirar con atención».

Y por supuesto mis grandes maestros: Joan Corominas, Ramón Menéndez Pidal y Américo Castro, cuyas obras tengo en varias ediciones. El amor por el lenguaje, las letras y los signos de puntuación es algo que uno desarrolla lentamente y para ello se necesita una fuerte vocación que, gracias a Dios, yo tuve, tal vez por herencia de mis padres.

Construir una biblioteca es un acto de fe en el porvenir. De esto me he dado cuenta ahora, cuando más dudas albergo sobre mi propio futuro. No veo gran cosa hacia delante, pues no tengo hijos ni quiero tenerlos. Sería paradójico que estos volúmenes acabaran saldados en librerías de viejo, una suerte de retorno ya que muchos provienen justamente de ahí, de esas entrañables librerías, los lugares que más amo de una ciudad.

En Bogotá están las entrañables San Librario o Merlín, pero si por algo me gusta ir a París es por los *bouquinistes* de las orillas del Sena y por la Shakespeare & Company, de ediciones en inglés, donde se hizo la primera edición nada menos que de *Ulysses*, de James Joyce. ¡Cuántos miles de euros habré dejado en las arcas de todas ellas a lo largo de mi vida! Y qué bien gastados.

La primera vez que fui a París, a mediados de los años ochenta, dejé la maleta en el hotel y salí corriendo con un mapa a buscar la librería L'Harmattan, en la rue des Écoles, donde, según había visto en catálogos, tenían viejas ediciones en español de mis editoriales fetiches de la época y ediciones latinoamericanas que en España no se conseguían, caso de Sudamericana, Joaquín Mortiz, Monte Ávila o la colección venezolana de la Biblioteca Ayacucho. Claro que al tenerlos en la mano surgía otro problema: ¡eran carísimos!

Yo siempre me dije: un libro es una inversión, no un gasto. Entonces cerraba los ojos y pagaba para no ver la transacción y así poder concentrarme en el inmenso placer de tener en las manos ese volumen largamente anhelado, visto en bibliotecas y que al fin era mío, al que podría acudir a cualquier hora del día o de la noche, llevar de viaje e incluso escribir a lápiz sobre el borde de sus hojas, como en los escolios de don Nicolás Gómez Dávila.

Salía con el libro a degustarlo de a poco, tomaba un café para mirarlo ya sentado, con calma y con otra luz, a releer la contratapa, a revisar el tipo de letra de imprenta —mi preferida es la Garamond—, la caja de tinta, y el resultado, por lo general, era que me enamoraba no sólo del texto sino de toda su expresión física, incluso del papel, que siempre preferí color hueso y no blanco impoluto, pues el blanco me hiere los ojos y con los años, al haber desarrollado esas manchas móviles en la vista llamadas «moscas» —Nabokov las tuvo y escribió sobre ellas—, aún peor, pues las hace más intensas, tanto que se dificulta la lectura.

Otro lugar amado, pero al que he ido menos, es la librería Umberto Saba de Trieste. Lleva el nombre de su dueño, propietario desde 1919 hasta que murió, en 1958, y lo que la hace especial es precisamente eso: más que un local comercial parece el estudio de un poeta o la biblioteca de un poeta. Los retratos de Saba, con su nariz ganchuda y su pipa, contribuyen a esto, lo mismo que las columnas laterales de mármol, las estanterías de madera oscura, tal vez de teca, no lo sé, las escaleras para subir a los anaqueles más altos, el desorden y los mesones repletos de ejemplares usados, mapas, cuadros y revistas, pero lo más increíble de estar ahí, de ver esas torres de libros a punto de caer y respirar ese aire es pensar que por esos mismos pasillos estrechos se pasearon clientes como James Joyce, cuando vivió en

Trieste y fue profesor de inglés en la academia Berlitz, o Italo Svevo, alumno y amigo suyo[3].

Y no sólo visitaron la librería sino que, en su época, quien vendía los libros era nada menos que el propio Saba —¡trabajó en ella durante treinta y cinco años!—, lo que hace inevitable imaginar que aquel trío de artistas excepcionales, alguna vez, debió enzarzarse en alguna discusión literaria o editorial, pues librerías como esa están hechas para que los clientes se queden un rato, deambulen, charlen entre ellos o con los dependientes, pero sobre todo discutan, polemicen, levanten la voz y expresen del modo más rotundo sus ideas.

Pero tal vez la mejor historia me ocurrió en Nueva York, hace unos años, en la librería Strand.

A pesar de haber ido a esa increíble ciudad tantas veces, jamás he logrado tener con ella la más mínima familiaridad —ni con ningún otro lugar de Estados Unidos, dicho sea de paso, no sé por qué—, y tal vez por eso, cuando la evoco, sigue siendo más fuerte su imagen literaria y cinematográfica que la de mi propia experiencia. Precisamente por eso, y leyendo a Dorothy Parker, busqué el hotel The Algonquin, pues ella recomienda especialmente sus martinis. Y fue lo que hice. En uno de los bares estilo *art nouveau* y con frescos de la «Mesa Redonda» de los años veinte (una famosa tertulia por la que pasaron, además de la Parker, Herman Mankiewicz y Harpo Marx, y donde Harold Ross inventó *The New Yorker*), me tomé los dos martinis rituales. Cada

---

3   Compruebo que cito con frecuencia a Joyce en esta memoria, ¿tendrá eso algún sentido? Podría tenerlo si se tratara de Georges Perec, pero ese es otro tema.

uno costaba diecinueve dólares, más impuestos y propina, ¡pero qué martinis!

Luego quise darle gusto al solitario placer de las librerías, así que fui a Strand. Antes de entrar vi que sobre el andén de Broadway habían puesto estantes con libros a un dólar. Estos son profesionales y será difícil que se les haya escapado algo, me dije, pero por un prurito de sabueso decidí echar un vistazo antes de entrar, nunca se sabe, y empecé a ir de uno a otro, en efecto, viendo montones de basura impresa, ediciones de bolsillo de *best sellers* de los años ochenta, de olvidados *best sellers* de los noventa, *best sellers* de ayer y de anteayer, manuales de cosas prácticas, instrucciones para adiestrar perros de pelea, guías de antenas parabólicas, en fin, libros útiles de colecciones baratas, y cuando ya me disponía a entrar vi por el rabillo del ojo una edición banal de tapa azul, *The poems of Catullus*, y como una puerta que se abre me vi en un salón de la Universidad Complutense de Madrid, en 1986, luchando contra el latín y, precisamente, contra Catulo, y recordé los esfuerzos increíbles por apoderarme de ese idioma reacio, el único en el que, conociendo la gramática y teniendo un diccionario, uno puede traducir lo contrario de lo que dice el original.

Así que abrí el librito azul y empecé a leer el inicio de cada poema a ver si alguno me traía recuerdos, una frase aquí y otra allá, la traducción al inglés no era muy clara para mí —mi inglés es insuficiente a ese nivel—, y de pronto, pasando páginas, encontré una hoja plegada en cuatro, una hoja suelta y olvidada. La miré un rato sin abrirla y vi, a través del papel, que era un texto mecanografiado, probablemente con una vieja Remington. Era un poema tecleado a máquina, con unos agregados en bolígrafo.

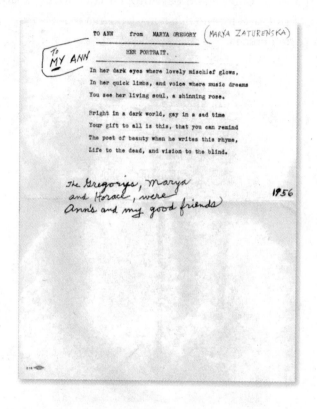

No conocía ninguna poeta que se llamara Marya Gregory, tampoco con el apellido de Zaturenska, que supuse sería el de soltera. La nota a mano en la parte inferior («The Gregorys, Marya and Horace») me hizo suponer que su marido se llamaba Horace Gregory, y al mirar de nuevo la portada del libro de Catulo comprendí algo más, pues bajo el título decía: «Translated and with an introduction by Horace Gregory».

El año de publicación del libro, en la editorial Grove Press, era 1956, el mismo que tenía el poema escrito a mano en la parte derecha.

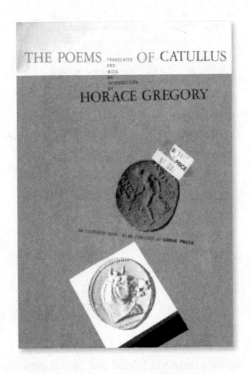

Con estos elementos la historia fue saliendo de la bruma: Horace y Marya, marido y mujer, fueron a la celebración de su amiga y querida Ann, probablemente a su cumpleaños («were Ann's and my good friends», dice a mano). Marya le escribió un retrato poético y lo llevó, y Horace agregó su libro recién salido, sus versiones al inglés de Catulo.

Ann, la misteriosa Ann (¿quién será?), debió recibir ambos regalos ante el grupo de amigos con los que celebraba, seguramente leyó el poema de Marya, tal vez en voz alta, y algunas de las traducciones de Catulo. Luego dobló la hoja en cuatro y la puso dentro del libro, y ahí se quedó hasta hoy.

De repente Broadway comenzó a girar en torno a mí y sentí arder los dedos. Doblé la hoja con el poema y la devolví al fondo de la página, cerré el libro y entré a pagarlo, con un dólar en la mano. Me dije que había pasado demasiado tiempo y que alguien lo habría notado, que vendrían a revisar el libro. Había una corta fila y esperé con calma. Cuando fue mi turno sentí como si lo estuviera robando. Puse el dólar sobre el mostrador, la cajera pasó el libro por el escáner y lo empacó en una bolsa.

Luego salí a la calle con la sensación de estar robando algo y caminé con miedo por Broadway, casi a hurtadillas, temiendo que en cualquier momento una mano me agarrara del hombro y me detuviera, alto, acompáñenos. Pero no pasó nada. Logré llegar al hotel y, sólo allí, al cerrar la puerta, me atreví a sacar el libro de su bolsa para verlo de nuevo y hacer la investigación correspondiente. Supe que Marya Zaturenska era una poetisa neoyorquina nacida en Ucrania, en 1902, y emigrada a Nueva York a los siete años, autora muy célebre en esos años, amiga y compañera de militancia de Dorothy Parker.

¡Dorothy Parker!

Más tarde, bebiendo otros martinis en un extraño bar de Chelsea, servido por una joven mesera que, por increíble que suene, tenía frases de Kurt Vonnegut tatuadas en los brazos, no me pareció imposible que uno de esos «buenos amigos» mencionados en la hoja del poema fuera la misma Dorothy Parker, y tampoco que la fiesta de cumpleaños se hubiera celebrado en el bar del hotel The Algonquin, el mismo donde yo había estado horas antes. Una fiesta a la que llegué con cincuenta años de retraso y sin haber sido invitado gracias a un extraño hallazgo en un libro. Me quedó por saber sólo una cosa: ¿quién era la misteriosa Ann del poema? Bueno, para saberlo habrá que investigar y tal vez escribir algo más largo.

En fin, historias de bibliófilo.

En el salón está mi viejo y querido escritorio, tan amplio que puedo apoyar los dos brazos, dejar abiertos cuadernos y hojas de apuntes, libros y objetos. Una lámpara de pie lo ilumina desde la derecha y un flexor llega de atrás sobre el teclado. Junto a la pantalla tengo una avioneta de metal que compré hace siglos en un anticuario en Budapest y que me recuerda a Saint-Exupéry, la intensa relación entre las letras y la aviación.

Mi biblioteca tiene también algunos cuadros.

Así como mi tía va por el mundo, de casa en casa, con su reproducción de *Vista de Delft*, de Vermeer, yo he preferido una colección original de la artista Carolina Samper, *El martirio de san Sebastián*, una serie de óleos y otra de grabados. La imagen de san Sebastián con los ojos vendados y las flechas en el cuerpo, delante de un árbol o rodeado de niños colombianos desplazados por la violencia, evoca el sufrimiento legendario y el real, en el que hay un grito desde lo más profundo y una expiación. También la prueba de que a través de la belleza y el arte todo, hasta lo más cruel, puede transformarse y ser superado. Es la salvación por las obras y el dolor como testimonio de la vida en una serie de composiciones clásicas que, a pesar de su dureza, producen un inmenso placer.

¿Qué más tesoros esconde la biblioteca?

Veamos.

La verdad es que me he preocupado por convertir este espacio, donde paso el setenta por ciento de mi tiempo, en un lugar refinado y cómodo. Un pequeño templo privado. Y no porque me considere noble o por esnobismo, pues muy poca gente viene a verlo. Ya se ve hasta qué punto he vivido solo y, como dice el poeta Gil de Biedma, «entre las ruinas de mi inteligencia». La biblioteca y el estudio son mi pequeño cascarón y los he amoblado con arreglo a mis gustos más inconfesables, sin fijarme en gastos. De ahí los dos sillones Chesterfield color tabaco, con banco apoyapiernas, y el sofá compañero de tres puestos, donde duermo mis siestas posalmuerzos. Los compré en una subasta y la verdad es que no salieron muy caros.

A veces los miro y me pregunto qué cosas habrán visto o escuchado en sus vidas anteriores, tal vez en salones refinados, al lado de bronces y estatuas de mármol, algo que yo no haría jamás, pues creo que este tipo de mueble fue creado para estar cerca de los libros, como si una cosa necesitara y anhelara la otra para lograr su máximo esplendor. Cuando he recibido aquí a mujeres, también es inevitable la pregunta, ¿qué otras nalgas esplendorosas se habrán posado desnudas sobre este cuero?

Ah, la memoria de las cosas.

Como ya dije al narrar mi romance con Clara, me gusta tener un minibar, como el de los hoteles. El gusto por los hoteles viene de los centenares de viajes con mi tía por el mundo. Haciendo el recorrido de todos lograría un retrato bastante fiel de mi vida. Por eso, desde hace mucho, colecciono las tarjetas con las que se abre la puerta, las que reemplazaron las pesadas llaves de los hoteles de antes. Las guardo en un humidor de tabacos en desuso. Hotel Ukraina, Moscú. Hotel Rotama Park, Abu Dabi. Hotel Mandarín Oriental, Nueva York. Hotel Oriental, Bangkok. Hotel Alvear Plaza, Buenos Aires. Hotel Ghion, Addis Abeba, y muchos otros. Son los hoteles que Naciones Unidas dispone para los viajes de mi tía —de todos sus funcionarios de alto nivel— a cualquier lugar del mundo al que va. En realidad, son los gobiernos convocantes de esos congresos y simposios internacionales los que se hacen cargo de la estadía de los miembros del *staff*[4], pero al viajar con ella yo era el verdadero huésped, el que entraba y salía de terrazas y gimnasios, el que usaba las instalaciones, el *spa* y los baños turcos, las piscinas, pues en esos viajes, que podían ser de una semana o más, mi tía acostumbraba salir temprano, a eso de las siete, y regresar al final de la tarde, generalmente para cambiarse y volar a alguna cena.

Por eso las ciudades eran mías.

Pasaba el día yendo de una estación a otra del metro o por avenidas a veces inverosímiles, entre la multitud y las hojas secas del otoño, con las manos bien metidas en el abrigo. Me aficioné a un tipo especial de soledad que sólo

4 Hay que decir que los gobiernos de los países a los que fui se sentían orgullosos de ser anfitriones de estos eventos, y además del hotel y los banquetes y cocteles regalaban maletines con el logo y la fecha del foro o congreso, camisetas conmemorativas, llaves USB, películas de autores nacionales, libros y guías turísticas, afiches, alguna artesanía. Todo esto nos era entregado al llegar al hotel, en el *lobby*, junto con la agenda de actividades.

se encuentra en los viajes y en algunos hoteles anónimos. Caminar por calles ventosas, espejeantes; tener un cuaderno de notas a mano y elegir los lugares de visita en libros que otros han escrito, nunca en las guías. ¿En cuántas fotos de desconocidos apareceré, detrás, envuelto en mi bufanda y bajando los ojos? El mundo y sus ciudades fueron el escenario de esta sutil vocación, y sólo por las noches, al regresar al hotel, volvía a mi vida de siempre; entonces mi tía escuchaba mis historias y hacía sus comentarios, siempre inteligentes, siempre agregando algo a lo que yo acababa de ver.

Cuando vivimos en otras ciudades fue lo mismo: durante la adolescencia yo salía de mis clases en el Liceo Francés y luego de estudiar un rato en la biblioteca me iba por ahí a caminar, siempre solo, pues tuve realmente pocos amigos. Viví en más de una docena de ciudades, entendiendo por vivir un tiempo superior a seis meses, pues si debo agregar temporadas menores tendría que sumar al menos otra docena. Ciudades de Europa Central, de Europa y de Asia, algunas de África, incluso una temporada en Tonga, el archipiélago por el que pasa el meridiano del cambio del día, lo que Umberto Eco llamó «la isla del día anterior». Allá el rey, cada año, debe entrar al mar y ofrecerle un cerdo asado a su homólogo el rey de los tiburones. Si el escualo lo muerde es porque ha sido un mal gobernante.

De oír idiomas lejanos y extrañas cajas vocálicas se fue apuntalando en mí el amor por el idioma; un intento por atrapar ese espejismo deslizante que es una lengua viva, un patrimonio del que la mayoría de la gente no es consciente y que, a pesar de eso, utiliza a diario. ¿Cuándo el idioma se vuelve consciente? Cuando las palabras son de vida o muerte. Hay palabras que matan, como estas: «Preparen, apunten, ¡fuego!» —esto se lo oí a Fernando Savater—. El idioma es como el cuerpo: uno es consciente de él si hay enfermedades o anomalías. La vida, cuando es feliz, tiende a ignorarlo. Pero cuando las cosas se complican y viene la tormenta se alza y ruge, y cada palabra pesa, hiere, mata. «El lenguaje, cuando no da vida, mata», escribió Vicente Huidobro.

Las relaciones humanas nunca fueron mi fuerte. Siempre vi en todas la semilla de la descomposición. Recuerdo ese proverbio árabe que dice: «Lo que no debe saber tu enemigo no se lo cuentes a tu amigo». Así es la vida, por desgracia, eso lo supe desde muy joven en los colegios por los que pasé. En todos pude ver que la educación que reciben los niños, grosso modo, es sobre todo la del odio y la envidia, el terror a que otro sea mejor, más rápido o mejor estudiante, esa forma en que los colegios cincelan el alma de la juventud dejando salientes ásperos. Ya se sabe que la infancia y la adolescencia son épocas de gran crueldad, pero si además la educación agrega gasolina al fuego entonces esos años, ya dramáticos de por sí, adquieren una dimensión terrorífica, y por eso, al revés de otros niños que optaban por quedarse en los mismos patios y salones ya «conquistados», yo prefería salir, mudarme de ciudad y empezar de cero muy lejos, siempre en las aulas del Liceo Francés pero con idiomas secundarios, lo que creaba una protección natural, una cómoda empaliza- da que me permitía bajar la guardia, no pensar en socializar ni en ser aceptado, y lo contradictorio es que muchas veces esta actitud distante hizo de mí alguien llamativo, que los demás querían doblegar o tener a su lado.

Me pasó en el Liceo de Varsovia[5]. Un grupo de muchachos de alrededor de quince años —yo era un poco menor, siempre fui menor— me convocó y propuso una especie de «prueba», que en caso de superar debía permitirme acceder a su grupo.

—No, gracias —les dije.

Por supuesto no aceptaron y volvieron a la carga, pidiéndome que fuera a hacer la prueba, que era sólo cuestión de formas y que prácticamente podía considerarme aceptado. Pero yo insistí en mi punto. Les dije que no quería formar parte de ningún grupo y usé lo que llamaba mi «argumento acorazado»:

—Estaré acá poco tiempo, así que prefiero no estrechar lazos fuertes. Si alguno de ustedes quiere verme o hablar conmigo, bienvenido, sin pruebas de ingreso.

Fue esa la primera batalla que gané, en desigualdad de condiciones, pues quien se apresuró a buscar mi amistad fue nada menos que el propio líder del grupo, hijo de un ministro del gobierno, un joven polaco llamado Maciek Borg, quien llegó incluso a invitarme a su casa.

La cercanía con Maciek —no llegó a ser amistad—, por cierto, estuvo ligada a mi primera relación sexual y primer bosquejo de amor, pues una tarde, varios meses después de

---

5 Liceo que lleva el nombre de René Goscinny, el dibujante francés de Astérix y de Lucky Luke.

esa primera visita a su casa, Maciek me invitó a su fiesta de cumpleaños. Se lo comenté a mi tía y le advertí que no tenía ganas, pero ella dijo:

—Debes ir, querido, comprendo que no te interese una gran amistad, pero una mínima cortesía puedes tenerla sin romper tu aureola de anacoreta. Anímate, el chofer te irá a recoger apenas te aburras.

Los Borg vivían en una mansión muy burguesa en Srodmiecie, y tras saludar y entregar mi regalo —un libro, siempre regalo libros— me dediqué a mirar la casa. Era la residencia de un político, pero estaba decorada con buen gusto. Había cuadros buenos, algunos bronces, y poco a poco me fui adentrando en los salones más privados hasta llegar a la biblioteca, y ahí me quedé, mirando ediciones en francés e inglés de autores clásicos, y por supuesto ediciones en polaco que no entendía pero que eran muy bellas, y en esas estaba cuando entró una joven, se presentó y dijo ser amiga de la hermana de Maciek, también del Liceo Francés, y al decirlo pensé que ya la había visto antes, en el colegio, así que nos presentamos, se llamaba Kaja Wabbit y me invitó a beber un trago. Acepté y trajo dos vasos de vodka, ella se lo bebió de un golpe y fue por otros dos, y después de un rato me preguntó, sin que viniera a cuento, ¿te has acostado ya con una mujer?, le dije que no, así que dijo, ven conmigo; la seguí hasta un baño del segundo piso; allí se alzó la falda, me mostró su pequeño sexo con pelos amarillos y me miró con expresión de tristeza. Guiado por el instinto me bajé los pantalones y ella se puso de rodillas. ¿Qué pretendía? Yo no tenía ninguna práctica, así que cerré los ojos y ella dijo, «relájate, alguien aquí ya conoce esto». Fue la primera vez que una mujer chupó mi tímido e inexperto miembro, y me pareció importante que fuera en Varsovia, la tierra de Frédéric Chopin, el pianista que mi tía escuchaba a diario. Entonces me dejé llevar dulcemente por Kaja, por su tímida experiencia —tenía diecisiete años—, como si navegara en una suite sexual emanada de los *Nocturnos*.

Acto seguido me acosté sobre su bonito cuerpo y la penetré —sería más exacto decir que ella se penetró conmigo—, y entonces sentí algo realmente excepcional, en fin, qué voy a decir aquí, los lectores saben lo que uno siente y sobre todo la primera vez, pero justamente eso, el que fuera la primera y el no estarlo buscando le confirió algo especial, como un pago por haber aceptado socializar yendo al cumpleaños de Maciek.

Kaja era una joven polaca muy bella, como suelen ser las polacas de cualquier edad. Cuando terminamos y salí de su vulva, donde eyaculé —aunque la mayor parte afuera—, se formó un grumo en sus pelos amarillos. La miré respirar a mi lado, con las medias de nailon por las rodillas y la falda levantada hasta el rosado ombligo, y quise saber, ¿estuvo bien? Hice la pregunta pensando que esta era una más de esas dolorosas pruebas de la adolescencia, ese traumático acceso a la vida que, como con mis compañeros del Liceo, requiere ciertos ritos, y Kaja respondió, *c'est parfait, tu m'as très bien baisée*, con lo cual mi acceso estuvo asegurado, y un rato después, luego de que ella se limpiara la entrepierna con una toalla humedecida en agua caliente, regresamos a la biblioteca donde, para mi sorpresa, Kaja quiso seguir a mi lado, y fue por otras dos copas de vodka. Las tomamos y poco después, cuando consideré que debía volver a mi casa, me pidió que lo repitiéramos otro día, tal vez podría ir a mi casa, y fue así como a la semana siguiente vino a verme a nuestro apartamento y repetimos la fornicación, ahora con un poco más de seguridad por mi parte, y del lado de ella con algo de amor, como me confesó al final, así lo dijo en polaco, *kocham cie*, y luego en francés, *je t'aime*, cosa que en lugar de halagarme me alteró, ¡ser amado por alguien!, qué responsabilidad, como atravesar un precipicio sobre la cuerda floja, como saltar al vacío sin saber a qué distancia está el fondo, Dios santo, no quedaba más opción que escapar, alejarse de ella y su bonito cuerpo y sus ojos tristes, así que me dispuse a cortar la naciente relación. En su siguiente visita le pedí que me acompañara a hacer unas compras a la tienda internacional, y a la siguiente, ya espaciada en el tiempo, a elegir unas flores para mi tía, que regresaría en cualquier momento.

Como Kaja no era tonta preguntó, ¿qué pasa?, ¿algo no te gusta? Le expliqué que en unos meses me iría de Varsovia para siempre y que lo único que estábamos haciendo era alimentar un dolor futuro, darle espacio y peso en nuestros jóvenes corazones a algo imposible, entonces ella, que ya de por sí tenía ojos tristes, dijo, te comprendo, pero al menos hagámoslo una última vez, de despedida, y fue así como vino a la casa y fornicamos, y fue muy triste, pues al tiempo que su cuerpo se tensaba para recibir el orgasmo se echó a llorar, en silencio, gemía de placer y lloraba al mismo tiempo, mi hermosa Kaja Wabbit, y luego, en el Liceo, cuando nos encontrábamos en el tiempo de recreo, salíamos juntos a la tienda a comprar cosas y hablábamos, hasta que un día me dijo que se había hecho novia de un estudiante de Biología y ya no la vi nunca más, o mejor dicho, sí la vi pero no volvimos a hablar en los recreos. De ese modo recuperé mi soledad y pude volver a mis habituales paseos solitarios, a la conquista de calles, puentes y parques.

Otro recuerdo ligado a ese colegio es una experiencia algo surrealista. Un día, en una clase de la tarde, me sentí mal —hacía frío y tenía un poco de fiebre—, así que pedí permiso para salir del aula y bajar a la enfermería, que estaba en el tercer piso del edificio, última puerta sobre la derecha. Me autorizaron y para allá me fui algo aturdido, cruzando corredores vacíos e invernales. Bajé un tramo de escaleras, luego otro, enfilé hacia el fondo y maquinalmente abrí la puerta y entré, pero… oh, sorpresa, no estaba en la enfermería sino en una especie de vestier que no conocía, un camerino de profesores que generalmente estaba cerrado con llave, salvo en ese momento, no sé por qué, y cuando me disponía a regresar al corredor y ver en qué piso estaba escuché un gemido, y luego otro, gemidos de dos voces y el traqueteo de un mueble, y me quedé paralizado, escuchando.

¡Rac, rac, rac…!

Dos personas fornicaban del otro lado de un biombo.

Un hombre y una mujer gemían y resoplaban como caballos en sus cuadras; segundos después se intensificó el golpe de una banca contra el muro, no un ruido muy fuerte, seguramente no se oiría desde el corredor, pero desde donde yo estaba, a pocos centímetros, era ensordecedor, y el *crescendo* hizo que el traqueteo aumentara hasta que entró en escena otro sonido, el chof chof de un pene hundiéndose con furia en una vulva lubricada y goteante, chofff, chofff, y yo del otro lado de ese pequeño muro aún más paralizado, con miedo a ser descubierto y a la vez con una sangrante curiosidad y excitación, ¿quiénes serán?, ¿qué profesora y con quién?, y así llegaron al orgasmo, chofffff... chofff...

—¡¡¡Aghhhhh!!!

La banca hizo un chirrido en el suelo, este sí de volumen alto, ambos respiraron muy fuerte, acabó la fornicación y yo me dije, y ahora, ¿dónde me escondo? Vi una mesa sobre el lado derecho y fui a meterme debajo, unas cajas de *lockers* me tapaban, pero dejaban también ver, y vi: el hombre era el prefecto de disciplina, monsieur Gérard, un tipo bajito y calvo, de unos cincuenta años. Antes de salir se miró al espejo, se arregló unos pelos largos detrás de las orejas y abrió la puerta. Un minuto después apareció una joven pasante polaca, Érika, que hacía una prueba en la vigilancia de los niños de *maternelle*. Entró a un sanitario justo al lado de la mesa donde yo estaba y la oí orinar. Un chorro denso y fuerte que parecía no tener fin.

Años después leí no sé dónde que la vejiga de las mujeres se comprime en el acto sexual, provocando un deseo intenso de orinar, y me volvió a la mente el ruido de ese chorro de orina que, en medio del frío, llegué a imaginar cálido y humeante.

En los días siguientes vi al prefecto cruzarse con Érika en el patio de juegos y darle instrucciones en tono de mando, incluso regañón, con ese gesto tan francés que consiste en decir algo y luego bajar la mandíbula, como diciendo boh, y a Érika mirarlo con rabia; supuse que el trabajo en el Liceo Francés, bueno para ella, debía ser un incentivo para soportar a alguien tan repulsivo y asqueroso. Comprendí que si lo denunciaba —estuve tentado, me creerían— Gérard sería expulsado y enviado de vuelta a Francia, pero ella perdería su oportunidad, así que decidí no hacerlo, pues me caía bien, una mujer que, según supe, tenía veintiséis años y un hijo pequeño.

Historias de vidas y de libros.

Camino frente a los estantes al azar, estiro un brazo y saco uno, lo palpo y ya sé: edición de *La Celestina*, de Fernando de Rojas, comprada en la librería El Ateneo de Sevilla, en 1985, durante un viaje en plena Semana Santa, evento que, a pesar de su colorido, me pareció detestable, no por las imágenes o el temperamento de los andaluces, que sí me gustó, sino por el gentío y el ruido, esa masa compacta, maloliente y sudorosa que puja por calles y esquinas llevando inciensos o botafumeiros, con ese olor denso, como el de las iglesias de pueblo que visitábamos en mi infancia para ver qué imágenes tenían y su arquitectura, pero que yo silenciosamente odiaba; me repugnaba ese olor, me parecía el olor de la maldad, y sólo años más tarde, cuando llegué a Asia, me pude reconciliar con el incienso.

En ese viaje a Sevilla viví uno de los episodios más bochornosos de mi adolescencia en relación con el cónsul de Colombia que, en esos años, servía en esa ciudad, una persona cuyo nombre vamos a omitir por discreción pero que era un supuesto amigo de mi tía, a la cual había jurado recibirme, algo que nadie le estaba pidiendo pero que él prometió cuando ella le dijo al teléfono:

—Mi sobrino va a pasar un par de noches en Sevilla, en un hotel, pero a mí me gustaría poder contar con usted en caso de que se presente algún inconveniente.

El tipo aflautó la voz, echó mano de mil grotescos adjetivos para saludarla y le dijo, pero mi señora adorada, por favor dígale a su sobrino que se aloje en mi casa para poder atenderlo como merece, a lo que ella repuso, se lo agradezco mucho, él va a quedarse en un hotel, pero allá se contactará con usted.

Y cómo es la vida, pues justo tuve un percance: la segunda tarde, tras comprar este volumen de *La Celestina,* me robaron la billetera, algo muy común en medio de esos horrendos bochinches de gente, y entonces lo llamé y le dije, señor cónsul, no quiero molestarlo pero tuve este inconveniente, y le expliqué, con la billetera perdí no sólo la plata sino la tarjeta del banco Caja Madrid, y entonces me dio un montón de explicaciones; dijo que no había recibido las partidas de la cancillería y que no tenía efectivo para prestarme, pero yo le dije, no se preocupe, sólo necesito dos mil pesetas para pagar el tren de regreso a Madrid, y en menos de 48 horas le haré un giro y los tendrá de vuelta, entonces él dijo, venga al consulado, veré qué puedo hacer.

Al llegar al edificio, en medio de un parque y en la zona de los palacios de una antigua Exposición Universal, un secretario me anunció que el cónsul había tenido que salir de urgencia y que me había dejado un sobre: al abrirlo encontré un billete de mil pesetas, la mitad de lo que costaba el pasaje del tren, así que se las dejé con una nota, «gracias por su generosidad», y regresé al hotel. Esto me obligó a hacer lo que no quería, que era llamar a mi tía a Londres y contarle el problema.

Al oír mi historia, exclamó:

—¿En serio te dejó sólo la mitad del pasaje? Qué falso y qué lagarto, pero no te preocupes, quédate en el hotel y yo te envío lo necesario. Hiciste bien en no recibirle la plata a ese pendejo.

Otras voces, otros ámbitos.

Y más libros.

Hay una parte de la biblioteca donde conservo los que usé en mi época universitaria, en la Complutense, y cada vez que los abro me parece regresar a esos años ya muy viejos en los que Madrid era una ciudad de provincia ennegrecida y sucia, con un centro —la zona de Puerta del Sol y Plaza Mayor— que al caer la tarde se poblaba de yonquis, prostitutas, alcohólicos y tahúres, personajes salidos de algún libro de esperpentos, y la verdad es que ya en la noche, con una pobre iluminación, todo el que transitara por ahí parecía un monstruo. Esa era la imagen de la ciudad, húmeda y descascarada, de adoquines cubiertos de jeringas sucias y botellas rotas de cerveza.

Madrid por las noches me daba miedo, pero no un miedo físico sino algo peor: terror a la disolución moral. Un estado de cosas en putrefacción, como un vuelo en caída libre al lado de yonquis, alcohólicos que enloquecían en las calles y morían de frío, tahúres que se jugaban el sustento de su familia en timbas clandestinas, todas formas crueles y probablemente necesarias para adormecer el dolor. Cada vez que veía algún yonqui en un portal de la calle Augusto Figueroa —antes de que Chueca se transformara en ese sitio elegante y un poco esnob que es hoy— me preguntaba si el infierno del que ese pobre diablo intentaba escapar sería más aterrador que el que yo llevaba por dentro, y mi conclusión era que no, pero yo sí podía seguir adelante porque contaba con armas para defenderme y, sobre todo, gracias a mi tía.

¿Cómo habrá sido la infancia de estos miserables?, me preguntaba al verlos. El arte es un modo de salvarse, pero estadísticamente sólo actúa sobre muy pocos. El resto cae al basurero y con frecuencia era eso lo que encontraba en esas oscuras calles de Chueca. Pobres yonquis caídos en posición fetal, añorando volver al útero materno y tener una segunda oportunidad, pero el único útero del que disponían era esa calle fría e inhóspita, pues sus padres o estaban en la cárcel o habían muerto de sobredosis o de sida, como muy pronto les pasaría a ellos si es que antes no los encontraba por ahí una bala o un puñal. Viéndolos retorcerse como animales, cual figuras del Bosco en una marmita ardiente, me preguntaba, ¿le habrán producido alegría a alguien alguna vez estos pobres condenados? Tal vez ni el día en que nacieron.

Hay padres que no aman a sus hijos, pero yo más que nadie puedo asegurar que ese no fue mi caso. Todo lo contrario: los míos me amaron tanto que murieron por salvarme. Lo pienso con frecuencia mientras camino a pasos rápidos hacia ninguna parte por avenidas y plazas en las que corre un viento suave que seca mis lágrimas. Murieron por mí. Para que ellos vivieran yo tendría que estar muerto, o sea que su vida es inimaginable desde la mía. Ese fortuito accidente nos puso en dos lados irreconciliables: o ellos o yo.

Si yo hubiera muerto ellos me recordarían, probablemente con dolor, pero al cabo del tiempo habrían tenido otro hijo y rehecho su vida. O tal vez, ahogados por el dolor, habrían optado por separarse para intentarlo cada uno por su lado. No lo sé. Esas dos frágiles vidas que tanto me amaron ya no existen, fueron interrumpidas abruptamente por algo que no debía (no podía) estar escrito en el guion inicial. Ahora yo estoy acá, de este lado, y ellos en esa lejana nebulosa de la que en el fondo no sabemos nada. ¿Qué es y dónde se sitúa la muerte?, ¿cómo se puede imaginar el «no ser»? ¿Existe alguna geografía? Ya dije que no tengo formación religiosa, ni por mi tía ni por mis padres. Sé que no me bautizaron. Si la tuviera podría creer que están en algún lugar aún accesible, que han seguido existiendo todo este tiempo allá lejos; la ciencia nos dice que conocemos sólo el cuatro por ciento del universo así que podría haber otras dimensiones, formas de vida en términos contrarios a los nuestros, y entonces bastaría con salir al universo y buscarlos. ¿Qué habrán hecho todos estos años? ¿Me recordarán aún como los recuerdo yo? Es lo que anhelo, es la ilusión que me ha acompañado toda la vida.

Conservo una imagen de los dos, riéndose, muy jóvenes. Es una foto de mi tía, cuando papá le presentó a su novia. Se tomó en la casa de los abuelos, en un sofá que estaba delante de una enorme estantería de libros. De no ser por ella no tendría siquiera una imagen. La he reproducido en varios tamaños y está en mi mesa de noche, en mi billetera, en el estuche de mi pasaporte y en un portarretratos que llevo a todos los viajes, para poner en los cuartos de hotel.

Es lo único que tengo. Muy poco para toda una vida.

En la foto él tiene veinticuatro y ella veintidós, es decir, tres años antes de que yo llegara al mundo y nueve antes de que ellos se fueran definitivamente de él. Ambos sonríen y él estira la mano y atrapa la de ella sobre su muslo. Tienen jeans azules y suéteres de rombos. La mano izquierda de mamá se sale del cuadro y parece a punto de atrapar o sostener algo. Es extraño. He observado tanto esta foto que, en diferentes épocas de mi vida, he tenido hipótesis diversas sobre qué hacía la mano izquierda de mamá, que además está en un ángulo que papá no puede ver. Por la tensión del brazo pensé que ponía la ceniza de su cigarrillo en un cenicero, pero mi tía no recuerda que fumaran; o que estuviera dejando un libro del que tal vez acababa de leer algo. Esto sí que podría ser, pero se estaban riendo.

Cuando era más joven, en unas vacaciones, pasé tres días abriendo y cerrando absolutamente todas las cajas con la idea obsesiva de encontrar el negativo de esa foto, y más aún, la lista de negativos de todo el rollo, con la esperanza —de sólo pensarlo me salta el corazón— de encontrar más imágenes de ellos, aun cuando fueran del mismo día y en el mismo salón. Verlos en otra actitud, con los brazos en diferente posición, algo que me diera una pequeña idea de movimiento.

Busqué y busqué, abrí sobres de correspondencia entre mi padre y mi tía —jamás toqué, eso sí, aquella correspondencia especial—, pasé hoja por hoja libros y revistas, en fin, soñé ardientemente con el negativo de esa única foto a ver si el encuadre original era más grande o contenía otras cosas, pero nada.

Todo lo debí hacer con la imaginación, y esa mano de mi madre, lejos de la vista de papá, ocupó mi mente durante años. ¿Qué sostenía? ¿Tal vez la mano de la abuela? ¿Llamaba a alguien? Mi tía recuerda poco, pero haciendo un esfuerzo sobrehumano —y más literario que real— dice que en esa habitación, que era un salón biblioteca, estaban también, en ese momento, el abuelo y una hermana de ese abuelo que no tuvo hijos y que murió poco después.

Recuerdo cuando cumplí la edad que tiene mamá en la foto, y luego la de papá. He debido experimentar esa cosa extraña e inhumana que es mirar a dos jovencitos y ver en ellos a mis padres. A partir de entonces he tenido la sensación de estar viviendo en un tiempo por fuera del tiempo. Albert Camus dejó sin publicar una novela, *Le premier homme*, en la que un hombre visita la tumba de su padre y comprueba que ya es mayor que él. Esta comprobación, como me pasó a mí con ambos, crea un sentido especial de soledad. Como el vértigo del vacío, y puede que se trate realmente de eso: una mirada al abismo, a la nada esencial, porque la cuerda que nos sostiene desde arriba se ha roto.

Sólo podemos caer.

Caer, caer…

Uno de los motivos que me hacen querer aún más la obra genial de Sergio Pitol (con quien estuve en Xalapa, como recordarán) es que él también perdió a sus papás en un accidente, siendo apenas un niño. Fue en un paseo campestre. La mamá, que se bañaba en un río, fue arrastrada por la corriente y el padre se lanzó a salvarla. Se ahogaron los dos en un episodio absolutamente simétrico al mío, excepto por tratarse de otro elemento: el agua en el lugar del fuego.

Pitol, creo, tenía cinco años. Casi igual que yo.

Antes de alejarme de la biblioteca para ocuparme de otra dependencia de la casa, quisiera mencionar un último tema, muy querido por mí, y al que Borges dedicó uno de sus mejores poemas: el ajedrez. Dice así en los dos últimos tercetos del soneto segundo:

También el jugador es prisionero
(la sentencia es de Omar) de otro tablero
de negras noches y de blancos días.

Dios mueve al jugador, y éste, la pieza.
¿Qué Dios detrás de Dios la trama empieza
de polvo y tiempo y sueño y agonía?

A mi papá le gustaba jugar (según mi tía), así que me interesé por él, y en Madrid frecuenté un bar de la calle Augusto Figueroa, el Capablanca, donde uno podía sentarse en la barra, ordenar una cerveza y pedir un tablero para jugar contra el barman, que hacía simultáneas con los clientes. En ese lugar pasé infinidad de noches, pero un día, misteriosamente, lo cerraron. El ajedrez resultó ser la fachada de una mesa clandestina de póker en la que se jugaban sumas muy grandes. El dueño les cobraba a los tahúres un porcentaje por la mesa, por servirles bebidas y sobre todo por conseguir nuevos jugadores.

Luego el ajedrez me acompañó toda la vida y por eso, en mi biblioteca, tengo un viejo tablero en madera en el que juego y reproduzco partidas de los libros. Hay otro que uso menos: es de madera lacada, donde el blanco es de nácar, típica artesanía medioriental. Lo compré en el barrio cristiano de Damasco —cerca de Bab el Touma—, donde los herreros se especializan en la elaborada técnica del «engastado». ¿Qué quedará de esa amada ciudad después de la guerra civil? Ojalá sobreviva a los cañones de sus necios líderes. Pero me salgo del tema. Al lado está la caja de madera con las piezas Staunton, para mí las mejores —me desagrada jugar con otras—, con sus formas clásicas y el paño verde inferior que permite un deslizamiento óptimo. Una de las pocas cosas de valor que tengo fue un regalo que me hizo un amigo de mi tía al saber que me gustaba el ajedrez. Es un caballo Staunton en oro macizo que conservo en mi caja de seguridad.

12. La caja de seguridad

Siempre me preocupó el flujo y la velocidad con que circulan los billetes. Es algo que le debo a mi condición de huérfano. Desde niño los miraba y sentía la inquietante relación entre su valor y el paso del tiempo, eso que marca uno de los aspectos importantes de la vida, que es el gasto. ¿Cuánto debo vivir con esta suma? La síntesis entre lo que recibía y su frecuencia determinaba mi psicología del gasto. Pero fui prudente, como toda persona que piensa y teme, que cuenta con una reserva no ilimitada y relativamente estática.

Porque hablar del dinero es sobre todo hablar del miedo a no tenerlo o perderlo, y con él perder la vida que nos ofrece o los límites que nos permite rebasar o ampliar; también, aunque no en mi caso, del miedo a lo que otros puedan pensar de uno por causa de él. La primera tarjeta bancaria que tuve fue en Madrid, a mediados de los ochenta, de la Caja de Ahorros y Monte de Piedad de Madrid. Tenía diecinueve años y me separaba de mi tía para hacer estudios universitarios. En esa época ella estuvo en Bogotá y en Londres y luego fue a pasar una temporada a Nairobi, a la oficina de la ONU para el Medio Ambiente.

Estaba solo y tener una tarjeta en el bolsillo me daba un aire de solvencia que correspondía poco a la verdad, pero que era agradable. Miraba mi reflejo en las vitrinas y me sentía distinto, y cuando veía un cajero de Caja Madrid paraba y pedía el saldo, una cifra que por supuesto no cambiaba y que, cada vez, yo dividía por el resto de los días del mes.

Todavía recuerdo la mensualidad con la que viví en esos años, gracias a una beca del Instituto de Cooperación Iberoamericana: 75.000 pesetas, que equivalían a unos 500 dólares. Era la España de Felipe González. A esto se sumaban otros 300 dólares enviados por mi tía con la recomendación de guardarlos en un depósito para urgencias o cosas excepcionales. Para ella uno debía ser austero, aunque tuviera.

—Si la beca te da esa cifra es porque alcanza para vivir —sentenció—. Lo otro guárdalo, ahórralo, úsalo para viajes.

Dejando por fuera las 18.000 del alquiler me quedaban más o menos 1.500 pesetas diarias, lo que era razonable. Podía comer en el restaurante universitario y leer en las bibliotecas. Me sentía afortunado, pues era un dinero que no debía a nadie. ¡Y además no tocaba el patrimonio de la herencia!

Mis dos grandes amigos de la época, dos argentinos, no tuvieron la misma suerte. Uno vendía mascaritas de cuero en los mercados callejeros y muchas veces debía acostarse con las tripas vacías o venir a mi casa a compartir una lata de arvejas con carne. El otro, que estudiaba conmigo en la Facultad de Filología, recibía el dinero de su familia, pero cada vez que se bebía un café se le atragantaba por el sentimiento de culpa. Con el equivalente en Córdoba se pagaba un almuerzo completo.

Sobra decir que ambos eran extremadamente delgados.

En una ocasión, a fines de diciembre, fui temprano al distribuidor de Caja Madrid y al meter la tarjeta me apareció el siguiente mensaje en pantalla: «Feliz cumpleaños». No he vuelto a ver eso en ninguna otra parte del mundo. Lo siguiente fue descubrir que podía pagar con la tarjeta en los almacenes, lo que por esos años no era algo usual. Yo estaba acostumbrado a los viajes con plata en efectivo, en el dobladillo del pantalón o en una faja escondida entre los calzoncillos. La primera vez que compré algo, tal vez un libro, corrí a un cajero a vigilar el saldo y me llevé una sorpresa, pues la cifra no se había modificado. Cambió al día siguiente. Ese lapso de tiempo, alguna noche, me hizo fantasear con proyectos nada legales. Afortunadamente nunca intenté nada.

La plata de mi herencia proporcionaba un rédito fijo que se reinvertía para hacer crecer la suma. La usé muy poco durante mi juventud y no he vivido nunca con la totalidad del interés, actitud que sería suicida a largo plazo al dejar intacto el patrimonio inicial, una cifra que de no haber crecido sería hoy poco menos que insignificante. Eso me permitió —y me permite aún— vivir con una asignación mensual intermedia, sin tener que pensar siquiera o mortificarme por los mezquinos números.

Si de algo nos sentimos orgullosos es de haber pagado siempre los impuestos que nos corresponden. Jamás, por principio, hemos escondido un solo centavo, como hace la mayoría de la gente, sobre todo los que más tienen.

Mi tía lo expresaba con un argumento que, por cierto, alguna vez le escuché al profesor Antanas Mockus, al que ella admiraba:

—El pago de los impuestos debe ser el día más feliz del año porque es la fiesta de la participación, cuando uno refrenda su condición de ciudadano, y es el momento de la solidaridad y la entrega. También de la exigencia a los poderes públicos, porque si uno hace trampa le está robando al país y entonces, ¿con qué derecho le pide honorabilidad a los demás? Los impuestos, sobrino, son de izquierda, y esto no lo olvides nunca. Los grandes capitalistas los odian porque significan darle plata a algo más grande, al Estado, que luego reparte y obra a favor de los que menos tienen.

Saber que la habitación que me serviría de biblioteca tenía una caja fuerte empotrada me llenó de curiosidad. ¡La caja fuerte de la familia Verástegui! ¿Qué valores y títulos habrá contenido en el pasado?, ¿qué documentos secretos, letras de cambio, cartas manuscritas u objetos de valor? Las cajas fuertes le pertenecen al cine de acción y, en mi memoria, a la serie *Misión imposible*, con el actor Greg Morris siempre descifrando una clave segundos antes de que alguien lo sorprendiera —por lo general, un diplomático de algún país de Europa del Este, y por eso mi tía odiaba la serie. El primer efecto especial de la televisión fue su sudor, que le daba un *crescendo* dramático a la escena.

Por eso, al ver la caja fuerte en la pared, en una especie de nicho que, por supuesto, debía cubrirse con un cuadro, me di a la tarea de inventar una clave, leyendo atentamente las instrucciones. Y luego poner dentro algo de valor, a ver, ¿qué tengo yo de valor? Aparte de la figura de ajedrez en oro puse mi pasaporte, no es que valga nada en sí; agregué unos fajos de dólares, una suma decente y legal, seis mil quinientos, y otro fajo con cuatro mil euros, nada del otro mundo.

En realidad, lo más valioso que tengo es la cadena de oro de mamá, una de las pocas cosas que se salvaron del incendio. Cuando rescataron su cuerpo la tenía en el cuello y el oficial Azcárraga, ese buen bombero, me la puso cuando supo de mí y me tuvo en brazos. Sospecho o imagino que al hacerlo debió decir, con voz afectuosa, «este es el último regalo de tu mamá, guárdalo bien».

Es lo que sigo haciendo hoy, como si hubiera escuchado de verdad esas palabras, tantos años después.

Y ahora ya sólo queda dirigirse a la parte más alta de la casa, al interior del techo.

Allí está la mansarda.

13. La mansarda

Estas casas grandes y viejas, construidas a principios del siglo pasado, tienen casi todas, sobre el segundo piso, un desván o mansarda al que se accede por una escalera de caracol, que en el caso de la nuestra está en una esquina de mi dormitorio, de modo que es una prolongación algo secreta de mi cuarto.

La vi en la primera visita que le hice a la casa y así, de buenas a primeras, no le otorgué un destino específico, aun tratándose de un espacio considerable, pues consiste en un salón de unos cuarenta metros con techo abuhardillado, vigas de madera a la vista y dos puertaventanas que dan a sendos balcones. Pero después del trasteo, y con la amplia vista que tiene de Bogotá —sobre todo de la ciudad nocturna—, decidí poner un sofá cama, tapetes mullidos y algunas estanterías para guardar películas y cedés. Si tuviera alguna perversión interesante sería el lugar ideal para guardar látigos, guantes y máscaras de cuero, pero debí contentarme con algo menor y usarlo como una suerte de museo de mi propio pasado y mis cambiantes gustos.

Por ejemplo la música, que a pesar de haber ocupado un espacio más bien modesto en mi vida, tampoco ha estado del todo ausente. Detesto las actuaciones en vivo en los restaurantes y lugares públicos, lo que me predispone contra regiones enteras del Caribe y por supuesto de este país, en tierras templadas, donde a eso se lo considera sinónimo de alegría, y más si el volumen es alto, lo que basta para que se me atragante el plato más exquisito y desee fervientemente irme de ahí. Recuerdo con horror un desayuno en el hotel Habana Libre a causa de un trío musical que deambulaba de mesa en mesa ofreciendo canciones, ¡a las siete de la mañana! Tampoco fui especialmente fanático de ir a conciertos o coros ni a nada de esas vainas. Ni siquiera a la ópera. A mi tía tampoco le gustaba, pero solía atacarla de un modo injusto y, sobre todo, selectivo. Según ella, era el género musical que más ponía en evidencia el arribismo de los países en desarrollo, pues era un completo injerto, un gusto implantado por imitación de comportamientos, y le horrorizaba esa moda de transmitir en las salas de cine bogotanas los estrenos de las óperas de Nueva York, París o Londres.

—Lo único interesante de esa cosa tan loba —decía— es que acaba por ser la metáfora perfecta de nuestra posición en el mundo: somos el gallinero del gallinero. ¡Y los que más aplaudimos!

A mí tampoco me gustaba pero nunca estuve de acuerdo, pues lo mismo podría decirse de todas las demás artes que ella sí apreciaba y comprendía, y que incluso le parecían vitales para la vida. Además, si bien la ópera tuvo su origen palaciego, también fue popular, como en *La flauta mágica* (no soy un especialista y puede que esta no sea considerada ópera, no lo sé). ¿Qué importa que sea una tradición europea? Todo lo que se hace en el mundo en términos de cultura es de la incumbencia y le pertenece por igual a cualquiera que le interese la cultura, sin importar la nacionalidad. Pero la opinión de mi tía era implacable, radical y además muy frecuente en su generación, una izquierda latinoamericana repleta de reflejos antiburgueses para ciertas cosas y en cambio muy complaciente con otras de idéntica proveniencia. Pero jamás se lo discutí, pues al fin y al cabo nunca eché de menos pasar una velada asistiendo a ver, no sé, *Lucía de Lammermoor,* de Donizetti, ni siquiera cuando pasábamos por Salzburgo en plena temporada.

Lo que sí le encantaba a mi tía —a mí me destruyó los nervios y la paciencia— fue la ópera china. La consideraba una perfecta expresión de los símbolos estéticos y la tradición popular de una cultura milenaria, la misma que se encontraba en la artesanía y en la pintura clásica e incluso en las nuevas tendencias del arte chino de vanguardia, esas maravillas que se pueden ver hoy en el Distrito Artístico 798 de Pekín, empezando por el estudio de Wei Wei.

Dos veces coincidimos en Pekín con el 1.° de octubre, el día nacional, y las dos me sorprendió llevándome al restaurante Fangshan, en el parque de Beihai, donde ordenó un banquete sólo para los dos —por fortuna no hay que terminar cada platillo, sólo se prueba— y vino de sorgo. Las dos veces, antes de empezar, se levantó muy solemne, alzó su copa y dijo, con los ojos vidriosos:

—Por un año más de República Popular, sobrino, ¡salud!

Por cierto que en el segundo viaje coincidimos con el cineasta colombiano Sergio Cabrera y su hermana Marianela, criados ambos en Pekín, y a cuyo padre, Fausto, mi tía admiraba y quería, pues fue un viejo amigo de combates y militancias.

Pero vuelvo a mi mansarda, en la que también puse dos lámparas de pie, un par de pufs setenteros de colores, un televisor grande con su DVD y un equipo de música de los de antes, con tornamesa, para escuchar los viejos discos de vinilo.

Aquí se hace necesaria una digresión: debido al trabajo de mi tía en Naciones Unidas nuestra vida fue saltando de país en país, pero siempre conservamos una casa en Bogotá. Una casa —a veces era un apartamento, digo *casa* en sentido genérico— que se cerraba al estilo de las viejas familias, poniendo telas blancas sobre los muebles, y absolutamente todo quedaba al cuidado de Tránsito hasta nuestro regreso, meses o años después, cuando volvía el ritual de airear habitaciones, doblar y guardar las telas, probar llaves. Por ese motivo se conservaron las cosas que tuve en mi infancia y adolescencia, y fue justo eso lo que decidí poner en el desván, tal vez para reencontrarme con el adolescente tímido e hipersensible que fui.

Organicé las películas de esos años y les agregué otras posteriores, conseguí cajas para los discos y, por supuesto, al hacerlo, me divertí escuchando canciones sueltas, aquí y allá, melodías viejas y ya casi olvidadas, como *Last train to London,* del grupo Electric Light Orchestra, y un disco completo de Abba, recordando mi pasión juvenil por Agnetha Fältskog, la rubia del grupo que me acompañó, por qué negarlo, en mis primeros ensayos eróticos (obviamente a solas).

Ahí estaban Los Eagles y su sensacional *Hotel California*, Supertramp con *Breakfast in America* y sobre todo su *Logical Song*, con ese ruego que provenía desde algo que en esos años me parecía sincero y profundo, y que decía, «Por favor, ¡dime quién soy!», y que yo cambiaba, acomodándolo a mi historia, por otra frase, «¡Dime qué pasó!», que era lo que rumiaba en mi cerebro y que enuncié de un modo distinto en cada época de mi vida, ¿qué pasó?, expresándolo a veces con el puro silencio, o al revés, con algarabía y rabia; una pregunta que cada cierto tiempo se marchitaba en mi espíritu pero que pronto volvía a retoñar, a través de originales o estrambóticas metamorfosis.

Esa pregunta es la columna vertebral de esta historia y poco a poco se avanza hacia ella, a medida que vamos ocupando cada uno de los espacios de esta nueva casa.

Había también algunos discos ya francamente olvidados, como *Dizzy*, de Tommy Roe, o ese que le encantaba a mi tía, Bobby Goldsboro cantando *Honey*, un varón de bigotito y mirada trémula que a mí me parecía el colmo de la cursilería, pero cuyo disco ella compró, y ahí estaba, al lado de *If you leave me now*, del grupo Chicago, que en cambio me hacía sentir nostalgia de un tipo de amor que no conocía por esos años, pero que era bonito perder en aras del arte. También los discos de Cat Stevens, Billy Joel y Earth, Wind & Fire —sobre todo *Boogie Wonderland*, que redescubrí años más tarde en un entrañable filme francés, *Intocables*.

Por supuesto que esas canciones delineaban el mapa de mi compleja alienación juvenil, pues lo que había del otro lado del espejo o, en este caso, del disco, era de signo contrario. Como buen joven de izquierda me sabía de memoria *Playa Girón*, de Silvio Rodríguez, *La canción del elegido* y *El mayor*, o las de Pablo Milanés, al que le decíamos Pablito, y toda la música de protesta, con Mercedes Sosa, Quilapayún, Víctor Jara, Piero y muchos más de ese mismo corte, aunque tal vez menos conocidos. Tenía también discos de Brassens, empezando por *La mauvaise réputation*, de Rita Lee y su *Lança perfume*, o de Moustaki.

Puse también, aunque en estanterías bajas, las revistas del *Tío Rico McPato*, *Mickey Mouse*, *Archie* y de *Tarzán*, que daban cuenta de una época anterior de mi vida, y por supuesto las de *Batman*, mi personaje favorito, el modelo secreto que elegí durante mi infancia, pues a pesar de ser un superhéroe podía morir si lo alcanzaba una bala y además era huérfano. Lo de hacer el bien me molestaba un poco. Era incomprensible esa actitud hacia la misma gente que permitía que el mundo fuera lo que es. A cambio me gustaba su soledad, ese ser recluido en una casa grande, viviendo a espaldas del mundo.

Había otras revistas de personajes que luego desaparecieron, *Arsenio Lupin*, el ladrón francés, y *Fantomas*. Mi favorita era *Modesty Blaise*, una especie de Gatúbela que también era huérfana, con un misterioso pasado en un campo de concentración griego y una banda criminal en Tánger. Ahí estaban todas esas revistas, en mis estantes, pero más que las historias, al pasar las páginas veía mi propia adolescencia, me veía leyéndolas más joven, inseguro y tímido, veía las fantasías que alimentaba para seguir adelante, sin ninguna esperanza, tratando de contener los miedos que, de pronto, llegaban como un aullido desde lo más hondo y oscuro de la selva, cuando por algún motivo fortuito se abría una pequeña grieta en la memoria y por ahí surgían cosas abominables.

Imágenes de mi casa en llamas.

A veces, por un segundo, un tubo de luz me propulsaba hacia ese lejano pasado y entonces podía oír —o imaginaba, o recordaba haber imaginado— los gritos de los vecinos, los vidrios crepitando por el calor, el humo abrasando la garganta, y en medio de ese apocalipsis, una mano afectuosa que me arrastra y me lleva a gatas sobre las baldosas. Ese humo me quema todavía. Se mete por mis fosas nasales y me asfixia.

Ahora se ve más claro y el relato de mi vida puede incluso parecer sencillo. Extremadamente sencillo. Pero la verdad es que durante mi infancia y posterior adolescencia estuve sometido a un tipo anormal de terror que me obligaba a refugiarme en lugares cada vez más profundos y lejanos.

Cuando la mansarda estuvo lista le ayudé a mi tía a subir, y tuve la ocurrencia de ponerle una venda en los ojos, para sorprenderla. Cuando pudo ver miró el lugar aterrada, y me dijo:

—Sobrino, ¡o estás muy loco o estás enamorado! —y agregó—: es una maravilla.

Me intrigó su disyuntiva, y le dije:

—Pues enamorado no, o sea que debo estar loco.

Luego mi tía se acercó a la ventana y se quedó un rato mirando la vista de las luces y los tejados, más allá del parque.

—¡Qué ciudad tan delirante! —dijo, y regresó a la escalera.

Antes de bajar tomó mi mano y dijo:

—Quedó muy bien, pero no quisiera que este lugar te hiciera daño.

Ambos sabíamos a qué se refería, pero sonreí e hice no con la cabeza. Todo está bien, no hay peligro.

Cuando ella se fue, seguí pensando en sus palabras, ¿por qué habrá dicho enamorado? Supongo que este es el típico lugar de aspecto romántico y algo *baba cool*, como dicen los franceses, con las caperuzas indias en las lámparas y mis pufs. Ideal para traer a una mujer, fumar algo de marihuana o beber una copa, ver una película o escuchar a Janis Joplin, por ejemplo *Me and Bobby McGee*, y lamentar una vez más su muerte.

A pesar de que las drogas formaron parte fundamental en el ADN de mi generación, y que a mí me sobraban motivos para experimentar y buscar vías de escape, siempre las mantuve a raya, y tal vez por eso mismo siento una extraña y contradictoria fascinación por ellas. He leído sobre sus efectos, las he visto actuar en otros, y con excepción de la marihuana, que fumé de joven y que muchas veces añoro, no las he probado y a la mayoría ni siquiera he visto. No por asuntos morales, nada de eso. Apoyo la libertad individual y creo que deberían ser legales y de uso libre. Lo cierto es que no he estado tampoco en medios en los que fuera normal consumirlas. Algunas mujeres con las que estuve usaron cocaína para estimular el placer sexual poniéndola en sus genitales. Otras se la metían por la nariz en pleno coito, lo que les provocaba un soberbio estrujón en los músculos vaginales, y luego, con las neuronas dando saltos, se movían como una lavadora en fase de secado.

Sobre todo me interesa el lenguaje de la droga, y no sólo eso, también el universo que gira alrededor. Por un tiempo seguí en Twitter a un joven de Soacha que se presentaba con el nombre de «Santosusto», pues me interesaba analizar las cosas que decía y el modo en que las escribía. Ahí encontré frases misteriosas y extraordinarias: «Virgensita de guadalupe por favor haz que no se me rompa el aluminio de la pipa», o esta otra: «Virgensita de guadalupe por favor haz que no me duela cuando me toque poner culo por un pipazo», o esta: «Es que todo me da igual ya no importa con quien pude estar ayer solo quiero meterme un poco mas», o esta otra: «Lo bueno de morirse es que uno deja de ser pobre».

Los barrios del sur de Bogotá, vistos desde mi mansarda, son como las bocas del infierno. Por las luces que resbalan desde los cerros alguien los comparó con pesebres navideños, pero a mí me recuerdan esas marmitas infernales de los cuadros de Hieronymus Bosch en los que miles de hombrecillos se retuercen entre el agua hirviente. El sufrimiento y la vida cotidiana de esos jóvenes deben ser un círculo del infierno. Golpeados por padres alcohólicos o drogadictos, probablemente violados y que vieron a otros violar a sus mamás. Muy pronto salen a la calle armados de cuchillos, pipas de basuco y tarros de bóxer. Obviamente sienten odio y un sabor amargo en las tripas. ¡Cómo debe de herirlos la placidez, la alegría y la abundancia de ese pequeño grupo, al norte de la ciudad, cuyos edificios elegantes también veo, como volcanes de luz, desde mi mansarda! Es un espejo de fuego en el que se refleja la otra parte sufriente de la ciudad. Siento compasión por ellos, pero no puedo salvarlos. Sus madres, pobres dolientes, van continuamente a las salas de parto y la barriada se sigue llenando de almas sin futuro, carne de basuco que sólo un milagro o la salvación individual podría redimir. Del lado rico de la ciudad las mujeres en cambio planifican, disponen de información y fármacos eficaces; gozan de su cuerpo sin dejar rastro y sólo quedan embarazadas cuando lo deciden. Esos hijos irán a universidades privadas, aprenderán idiomas, alguno probará el basuco en forma recreativa, pero jamás el bóxer. ¿Cómo pueden convivir esos dos mundos?

Hace ya varios años le dije un día a Abundio que quería conocer los barrios más duros de Bogotá, y él me respondió, ay, señor, ¿y eso como para qué? Acepté que era inevitable vivir de espaldas al sufrimiento de la mayoría, pero que al menos yo quería verlo de cerca, no esperar a que un derrumbe invernal o una balacera hicieran que los noticieros los mostraran, siempre entre cintas de sellamiento, una sirena al fondo y alguien llorando. Abundio siguió sin comprender, pero dijo, bueno, señor, espere un poco yo hago algunos contactos.

Él vivía en Modelia y era una persona de clase media, pues le pagábamos bien, con servicios médicos y pensión. Y eso que a mi tía le parecía completamente innecesario mantener un chofer en la casa, pues cada vez salíamos menos. Pero por nada del mundo lo habría despedido. Sabía que dos de sus hijas aún no conseguían trabajo a pesar de haber terminado la universidad.

—Le seguiré pagando su sueldo así sea para que juegue solitarios y vaya con Tránsito a hacer el mercado —decía ella—. Él forma parte de esta familia.

Un día, Abundio me trajo noticias: ya, señor, hice un contacto con un lustrabotas conocido del parque Lourdes, y dijo que podía llevarnos a un barrio llamado El Amparo. Nos recomienda ir el martes, día tranquilo, y pide que nos pongamos ropa vieja y barata. Al oírlo me acordé de un cuento de Stevenson en que el rey se disfraza de mendigo para salir a la ciudad y ver cómo se comportan sus vasallos. Yo no era ningún rey, pero me iba a disfrazar para estar protegido. Supuse que eso, más la compañía de Abundio, sería suficiente, así que lo decidimos para el siguiente martes.

Y llegó el día.

El lustrabotas se llamaba Henry y fue puntual, a las dos de la tarde en el parque Lourdes. Cogimos primero un Transmilenio en la Caracas con dirección sur, y tras una serie de cambios de buses llegamos a El Amparo, un barrio de Ciudad Kennedy cerca de Corabastos. Henry me dijo:

—Este es el barrio más peligroso de Bogotá, mi señor, y si podemos dar una vuelta es sólo porque es de día. Vea, hasta el diablo, cuando viene, tiene que tomarse como siete Red Bulls para quitarse el susto, porque créame, hay pandillas que lo rayan a uno por una mirada, rateros y cacos en cada milímetro, prostitutas de doce años, se expende droga a menores y está lleno de ollas.

Había casas pintadas de colores desvaídos por la lluvia, otras estaban aún en obra pero ya habitadas, con muros de cemento, ladrillo o formaleta. Por todos lados caían cables, colgados desde postes y segundos pisos: nudos empolvados de los que pendían zapatos desfondados, camisetas rotas, algún calzón manchado. La calle no era de asfalto sino de tierra y cascajo. Un grupo de jóvenes pasó con las manos bien hundidas en los bolsillos de sus chompas, con la capucha escondiendo la cabeza.

—No estudian ni trabajan —dijo Henry—, sólo van y vienen, deambulan de aquí para allá.

Al fondo de la calle 41F Sur con carrera 81 apareció una tienda. Era una panadería y Henry dijo, ahí. Nos sentamos a una mesa, pedimos tres gaseosas y tres roscones.

—Las panaderías que dan a la entrada 8 de Corabastos venden trago —explicó Henry—, y hasta chicha, un vaso vale 500 pesos. La chicha está prohibida en Colombia, ¿sí sabían? El precio de la droga cambia. Una papeleta de basuco con marihuana vale dos o tres mil, depende.

Luego vimos pasar a un niño de diez años. Llevaba en la mano un frasco de bóxer en el que hundía con fuerza la nariz.

—Conozco a la mamá —dijo Henry—, es limpiadora en Corabastos y tiene que dejarlo en la calle, nadie se lo puede cuidar y ya el chino está en el vicio, ese es el problema. En este barrio no hay colegio y los pelaos no tienen dónde estarse.

Volví a verlo, era casi un bebé.

—Mejor dicho, sí tienen —siguió diciendo Henry—, vengan les muestro desde afuerita el infierno, el Jardín de Infancia del barrio, pero amárrense bien los cinturones y el hígado porque es cosa fea de ver.

Entramos por una calle que parecía un sendero rural, con el pasto crecido y una alcantarilla abierta que corría por el lado. Había un muro de cemento y casas abandonadas, de vidrios rotos y rejas ennegrecidas, con cartones reemplazando el vidrio. Por el garaje de una de ellas Henry dijo, vengan, entremos por acá. Retiró varios ladrillos, abrió un boquete del tamaño de una cabeza y dijo, asómense ahí con cuidado, es allá abajo pero no hagan ruido. Si nos ven hay que correr de vuelta a la calle.

Miré un rato, en silencio, hasta que me dolió el estómago y sentí necesidad de respirar aire fresco. Entonces le dije a Abundio que saliéramos, que era suficiente. El orden, la armonía y la limpieza de nuestra casa —aún vivíamos en el apartamento anterior— me parecieron algo lejano, perdido en otro planeta. Era increíble que ambas realidades convivieran en la misma ciudad.

Recordé las palabras de mi tía:

—El día en que toda esta gente decida levantarse vendrán a fusilarnos, y habrá que pasar al muro sin rechistar.

Para los habitantes de este depósito de cadáveres no hay gran diferencia entre el día y la noche, entre un día de la semana y otro. Comparado con lo que vi, *Los miserables*, de Victor Hugo, sería un retrato de la burguesía francesa. No sé si este nivel de degradación haya suscitado alguna forma de arte. Tal vez el *rap*. Esa explosión de rabia y dolor, de gritos desenfrenados, saltos y genuflexiones. El *rap* podría ser la única poesía de estas calles tan violentas y olvidadas. Hay algo que me inquieta aún más por lo contradictorio: estos espacios de monstruosidad parecerían opuestos a cualquier idea de Dios, y sin embargo aquí todos son católicos. Esto me provoca aún más compasión, pues lo que tal vez tratan de ocultar es que están irremediablemente solos, entregados a su dolor. No hay un más allá esperanzador que los acoja, nada distinto de ese bóxer y ese basuco, polvo de ladrillo mezclado con base de coca que les quema los pulmones.

No hay nada más para ellos.

Al verlos, deseé profundamente que existiera un Dios para pedirle cuentas, sentarlo en el banquillo y hacerle un juicio y, al final, condenarlo a una severa reprimenda. Como si fuera un vulgar senador de la república o alcalde de provincia. Le diría, en tono acusador, ¿por qué abandonas a tus hijos? Hace ya tiempo que habría que hacerle un proceso de Núremberg, y lo más probable es que fuera condenado al fusilamiento por traicionar al pueblo que lo ama. Pero es un sinsentido. La gente que menos razones tiene para amar la vida es precisamente la que más cree y agradece, la que más hace prédicas y lanza plegarias al aire sucio y maloliente de estas ciudades.

Plegarias que nadie escucha y a nadie importan.

También yo he soñado con alguien que, allá, detrás de las constelaciones más lejanas e improbables, nos observe con amor y nos señale un camino. Alguien que nos permita suponer que todo lo que sucede aquí tiene un sentido, y que responda o simplemente escuche nuestras preguntas. Sé muy bien lo que esos jóvenes tienen por dentro e imagino lo que se desborda en su espíritu: una melaza negra, un vértigo, y por eso verlos me da miedo. A mi manera, yo soy uno de ellos.

Regresando de El Amparo volví a proyectar en mi mente las turbias imágenes de ese oscuro local.

Unas cien personas se hacinaban alrededor de un patio, entre dos montañas de basura, en medio de un mar de humo amarillento y olor dulzón.

—Esos de ahí están soplando desde ayer, algunos desde el sábado, y los de allá llevan una semana —explicó Henry—. Unos se van y otros llegan, y algunos están siempre.

Un par de ancianos de piel rugosa, cueros pálidos pegados a la calavera y al esqueleto, repartían las pipas. Había un niño de once años, jóvenes de mirada perdida, mujeres desdentadas.

Luego Henry me llevó por una escalerilla trasera y dijo, vea, doctor, ¿sí ve a esa hembrita que se están culeando allá al fondo? Un grupo de espectros giraba alrededor de una mujer, recostada de espaldas sobre una caneca, con los bluyines bajados hasta las rodillas y una mancha oscura en las piernas, probablemente sangre o mierda.

—Pobrecita —dijo Henry—, ya no tiene cómo pagar el basuco y le toca ponerles el culo, doctor, con perdón, y es que estos tipos son unos desalmados, se culean también a los muchachos y no porque sean maricas, no, es que no les importa nada, le dan a lo que sea porque el basuco les sale barato en los galpones de aquí al lado, que es donde lo procesan. Ellos lo venden y le ganan como el triple, pero también se lo fuman y eso les ha quemado la neurona. Son gente fea, gente mala y fea.

Al lado había otro grupo de seres cadavéricos, dolientes, también *soplando*, sentados en inodoros puestos sobre los escombros, con los pantalones en los tobillos.

Si Goya pudiera verlos haría otra serie negra y evocaría las noches de Walpurgis. Yo sólo pensé en la muerte y el dolor en el que viven estos seres miserables, arrastrando ya cada uno su cadáver —aunque esto, en el fondo, hacemos todos—. Recordé una de las frases del tuitero Santosusto: «Lo bueno de morirse es que uno deja de ser pobre».

Ante semejante abandono me pregunté, ¿por qué nadie hace nada?, ¿dónde están nuestros grandes defensores, los adalides del civismo?, ¿y las autoridades? Recordé a ese alcalde de tan buena familia y ademanes elegantes, o a esos hermanos empresarios costeños que le robaron a la ciudad, a través de contratos fraudulentos, más de un billón de pesos. Estos pobres seres, desechables, también son sus víctimas. Imaginé un modo ejemplar de hacer justicia, algo muy sencillo: traer a esos señores y soltarlos por unas horas acá, en este barrio desamparado, en una de estas *ollas*, explicándoles antes a los muchachos y a las jóvenes prosti-tutas o a sus madres quiénes son y qué hicieron. El castigo ejemplar consistiría en dejarlos ahí un rato, sin escoltas, a ver qué pasa. ¿No sería algo ecuánime, suerte de justicia divina? Supongo que a las dos horas la policía debería entrar disparando al aire para recuperar sus cadáveres, o lo poco que quedara de ellos. No me extrañaría que entre estos fantasmas alterados por el *crack* hubiera incluso caníbales que se comieran sus vísceras e intentaran fritar sus órganos en una hoguera.

Es así como me lleno de recuerdos y evocaciones. Desde mi mansarda observo la ciudad como un pequeño dios que aprovecha la escasa altura de los cerros orientales para vigilar lo que pasa en la gran metrópoli nocturna, esa mancha oscura que golpea contra las paredes de mi casa cual banco de peces empujado por la marea, y que a veces me llama, vocifera por mí. Ven, lánzate a mis calles, piérdete entre el ruido de los taxis y los gritos de los voceadores o los desesperados, húndete en el fango conmigo, respira este aire sucio, pletórico de esmog, y verás lo que es bueno. Las ciudades sucias y canallas son las más vivas; la poesía se escribe en sus muros con dedos amarillentos de nicotina y pulso trémulo. El hospital de poetas ebrios está repleto y ninguno quiere irse, y yo, desde mi panóptico, escucho sus voces. O creo escucharlas.

Nunca tuve amigos para hacer correrías nocturnas y por eso mi compañero fue Abundio, un hombre leal, capaz de llevarse a la tumba cualquier secreto, pues me conoce desde niño. Nuestra relación siempre fue mucho más intensa que la del conductor y el señorito, lejos de eso. Hemos sido dos investigadores, etnólogos del acontecer presente que, cuando el canto de las sirenas se hace insoportable, salen a recorrer lupanares, tabucos y hostales sórdidos con el fin de conocer mejor el mundo. A veces era el propio Abundio el que me traía las propuestas, pues con el tiempo había ido creando una discreta red de informantes.

—Señor —me dijo una vez, mientras bajaba las bolsas del mercado en el garaje—, le tengo un cuento a ver si le interesa.

—¿Qué es? —dije bajando la voz y acercándome, pues el tono ya me indicaba de qué podía tratarse.

Y él:

—Una fiesta nazi, una vaina rarísima acá en Bogotá. Me pasó el dato un peluquero amigo: la hacen cada tres o cuatro meses. Una mezcla de espectáculo político fascista y fiesta de maricas, con uniformes y banderas nazis. Él tiene un amigo que se gana la vida haciendo danza erótica en bares masculinos, pero los nazis lo contrataron para que les bailara en su acto.

—No digas «maricas», Abundio —le dije—, que si te oye mi tía te echa a la calle. Acuérdate que se dice gay u homosexual.

—Bueno, disculpe, señor, una fiesta gay, ¡es que siempre se me olvida esa palabreja!

Y agregó:

—Le pregunté al peluquero cuándo iba a ser la próxima y resulta que es el viernes, en un sitio secreto por ahí en la Jiménez, ¿qué dice?

—Me interesa —le dije—, vamos.

Dicho y hecho, Abundio hizo el contacto y para allá nos fuimos.

La cosa resultó ser en un antiguo cine que durante el día se usaba de parqueadero y en la noche se alquilaba para fiestas clandestinas y amanecederos. Allá llegamos con nuestro informante y contacto, Humberto Afrodisio, así se llamaba el estilista y peluquero de Abundio, un tipo bien entrado en los sesenta o tal vez más, de pelo color sepia teñido con jena y que, según supe, era famoso porque con unos tragos de aguardiente le contaba a todo el mundo que siendo jovencito, en los años sesenta, conoció en Roma nada menos que al hoy santo Escrivá de Balaguer, y que a pesar de la diferencia de edad habían sido novios, que Escrivá usaba suspensorios y era estrechito de cola y pegaba gritos, y que sudaba más que un testigo falso, en fin, quién sabe si fuera cierto, seguro que no, pero ese era nuestro guía, así que entramos a la fiesta vestidos de negro, según la recomendación de Afrodisio, y tratamos de mezclarnos o *mimetizarnos* entre la gente.

Era un gigantesco espacio abovedado y en penumbra, con una luz lateral que proyectaba sombras vibrantes y alargadas sobre un muro. De él caían dos pendones con la cruz gamada que servían de marco a un gigantesco retrato de Hitler, una imagen suya bastante conocida en la que está inclinado sobre su escritorio, a punto de firmar algo, pero mirando hacia la cámara. Más allá había cuatro hileras de antorchas sobre un corredor que llevaba a la tarima, y ahí una mesa y un pequeño estrado.

Le dije a Abundio:

—Esto no debe cumplir ni con el título del cuadernillo de medidas de seguridad antincendio del Distrito, ¿no?

—Uy, señor, toco madera. Mejor dicho, toco fierro.

Mientras vadeábamos la turbamulta me fijé en que había todo tipo de gente, desde estudiantes de clase alta con pinta de intelectuales respondones y desadaptados hasta jóvenes *punks*, drogatas y adeptos bastante lumpen. Hombres y mujeres. Al verlos pensé en Varsovia o Praga y por supuesto en Berlín, ciudades que todavía guardan cicatrices de la guerra mundial provocada por esos nazis de los que estos tipejos eran apenas una pantomima. Rememoré los edificios con perforaciones de cañonazos, las columnas abaleadas, esos ángeles de mármol caídos de las novelas de Böll y las torres semidestruidas, como la Kurfürstendamm, y en el aire el recuerdo del crimen más grande y abominable de la historia humana.

En el sórdido parqueadero bogotano se podía ver la caricatura de todo aquello: la estética nazi con sus colores rojo y negro, pantalones abombados, guerreras adornadas con la *Totenkopf* (cabeza de la muerte) en el cuello derecho, botas de cuero hasta la rodilla, y más: calzonarias negras cruzadas, pisacorbatas dorados, hombreras, camisas marrón, bandas rojas para el brazo con la esvástica, cinturones con el lema *Meine Ehre heißt Treue* (Mi honor es mi lealtad) grabado en la hebilla, brazaletes de las SS, y por encima de todos, como una nube eléctrica y negra, ese frenesí colectivo, el gusto por transformarse en masa en torno a un castillo mental, por qué no, incluso adoptar la tradicional «actitud de sumisión» pero a nivel colectivo, esa que, según el novelista francés Houellebecq, consiste en agacharse y presentar el ano para evitar la confrontación, algo que en este contexto no parecía tan traído de los cabellos, menos aún tras saber la historia (¿verdadera?, ¿falsa?) de Afrodisio con Escrivá de Balaguer, aunque esa la supe tiempo después, ya lo dije antes.

Todo esto pensaba cuando, en medio de la muchedumbre ya ebria y sin duda drogada, siete personas subieron al escenario, seis con uniformes clásicos de las SS y un señor mayor, de unos setenta años, vestido de traje y corbata convencional y apenas una insignia con un águila imperial cosida en la pechera de la chaqueta. Supuse que era el gran líder porque apenas surgió de entre las cabezas de todos gritó, ¡Sieg!, y la masa le respondió, ¡Heil!, el tradicional grito nazi, *¡Sieg Heil!*, que quiere decir algo así como «¡Victoria eterna!», y por supuesto el brazo levantado al frente, a la altura de la barbilla, y el hombrecillo hizo lo mismo y se inclinó reverenciando la foto de Hitler. Luego se acercó a la mesa y, de pie, comenzó su perorata:

—Nos reunimos esta noche, como todas las veces anteriores, para rendirle homenaje al hombre más inteligente que ha parido la humanidad en el último milenio…

Así dijo, y al oírlo, para mi sorpresa, noté que era español, un madrileño, lo podría jurar, conocía perfectamente ese acento, el de una persona bien educada y culta de Madrid, e incluso podría decir que del barrio de Chamberí, para más señas, una dicción que me llenó de curiosidad, ¿qué hacía un fascista español en Colombia, presidiendo esta misa negra y nazifascista? Será otra de las mil historias de inmigración a América, supuse. El hijo de algún falangista que emigró a Colombia, pero vaya uno a saber por qué, ya que en España ganaron la guerra.

En el discurso enumeró lo que, según él, suponían las grandes contradicciones en el modo como se presentó la historia de la Segunda Guerra Mundial, cosas aparentemente obvias para él, y luego, mostrando algunas diapositivas y dos filmes en blanco y negro, afirmó que los cadáveres de los supuestos campos de concentración no eran de judíos sino de los civiles alemanes que murieron en los bombardeos, puestos ahí por los soldados norteamericanos, y en ese momento gritó:

—¡Los asesinos fueron los Aliados con sus bombardeos sobre Alemania!, ¡de ahí salieron todos esos cadáveres!

Al escucharlo pensé: si hemos de creer a las memorias de Albert Speer, ministro de Armamento alemán durante la guerra, precisamente por esos bombardeos Alemania perdió la guerra, y además por algo insólito en ellos: la indisciplina. Tal vez por eso los nazis de hoy los critican tanto y buscan en ellos motivos para cambiar la historia a su favor.

Luego el español se lanzó a una esperpéntica diatriba revisionista, con los consabidos argumentos, a saber: que no fueron seis millones de judíos los que murieron en manos del Tercer Reich sino, a lo sumo, 300.000, una cifra que, según dijo, era normal para un grupo enemigo en tiempos de guerra; que la conspiración judía internacional exageró el número de muertos para cobrar una indemnización mayor a Alemania y financiar el Estado de Israel; que las cámaras de gas nunca existieron, y entre argumento y argumento el hombre fue citando una lista de autores que luego, según comprobé, resultaron ser los padres del «revisionismo», a saber: el francés Rassinier, los norteamericanos App y Barnes, los nórdicos Faurisson e Irving, pero se detuvo especialmente en un autor español llamado Salvador Borrego, quien publicó en 1953 un libelo llamado *Derrota mundial*, en el que se argumenta, grosso modo, que la derrota de Alemania fue la derrota del mundo y la victoria de la conspiración judía universal, un texto que, al investigar después, me dejó de piedra, no sólo por sus argumentos sino porque está prologado nada menos que por el insigne intelectual mexicano José Vasconcelos, quien lo considera «penetrante y analítico, al mismo tiempo que iluminado y profético». Para argumentar la importancia de estas ideas en Colombia y América Latina, el español citó, leyendo del libro, estas palabras:

«Herederos, nosotros, de la epopeya de la Reconquista que salvó el cristianismo de la invasión de los moros, y de la Contra-Reforma encabezada por Felipe II, que salvó el catolicismo de la peligrosa conjuración de luteranos y calvinistas, nadie está más obligado que nosotros a desenmascarar a los hipócritas y a contener el avance de los perversos».

A partir de ahí, siempre basándose en Borrego, el hombre levantó el puño para afirmar que el Proceso de Núremberg había sido la venganza del «poder secreto israelíta» contra el único movimiento de la historia que realmente se atrevió a desafiarlo, y ya con las venas del cuello inflamadas y haciendo con las manos gestos teatrales que parecían copiados del propio Hitler, leyó lo siguiente:

«Hace más de dos mil años los persas llamaron a los generales griegos de Ciro el Joven para parlamentar y luego los asesinaron. Desde entonces nada semejante ha vuelto a ocurrir en el mundo hasta Núremberg».

Cuando acabó su enfebrecida perorata hubo una ovación muy violenta que hizo temblar, diría yo, los muros de ese mugroso parqueadero, y de inmediato todos se pusieron de nuevo con los brazos levantados mientras se cumplía el lanzamiento ritual de claveles. A partir de ahí los otros seis oradores fueron hablando por turnos, afortunadamente con discursos breves, en los que se citó a los mismos autores para acusar otra vez a la internacional judía de todos los males del mundo y afirmar que la verdadera víctima en 1945 había sido Alemania. Cada uno fue ovacionado, claro, pero sin lanzamiento de claveles, lo que resaltó la jerarquía del viejo español.

Tras las palabras del último orador, un teatral corte de luz provocó el silencio de la masa y en plena oscuridad retumbaron los primeros acordes de *La cabalgata de las valkirias*, de Wagner. Y se dio paso al espectáculo. Los jerarcas bajaron del estrado y se perdieron tras bambalinas, cediéndole el lugar a un ballet de travestis que llenó el escenario de figuras, *pas de deux* y saltos cruzados. Los bailarines vestían corsés de época con bustier de cuero negro, un rejo también de cuero, brazaletes rojos y gorras con el águila imperial. También medias con liguero a mitad de muslo, tacones altos y un detalle bastante moderno: tanga, también de cuero negro, con una esvástica en el triángulo delantero.

A continuación los danzantes giróvagos hicieron una fila y empezaron a levantar rítmicamente las piernas, como en el *French Can Can*, hasta formar un círculo en el centro. Luego invitaron a un muchacho elegido aparentemente al azar entre el público y, lentamente, le fueron quitando la ropa entre todos al son del *Boléro* de Ravel, y cuando el joven se quedó en calzoncillos, o mejor, en unos bóxers pegados que le esculpían todo el paquete, yo creí que tenía una alucinación, pues le fueron bajando el elástico y le acariciaron el *penis* de tal modo que esa vaina creció y creció hasta adquirir unas dimensiones colosales, y entonces el joven fue alzado en brazos de los bailarines, cual Peter Pan, para ser exhibido al público, antes de que tres de los danzantes se pusieran de espaldas a él, caídos de la cintura para arriba, ofreciéndole al joven sus cavernarios, por turnos, y como era de esperar allí fue a parar su enorme verga, provocando en cada uno un movimiento que culminaba con el saludo nazi.

Afrodisio, a mi lado, sudaba a chorros, daba brincos, chiflaba y aplaudía, más rojo que un paquete de Marlboro. Estaba a punto de explotar, así que le dije a Abundio, esto sí es lo más llevado que hemos visto, ¿no?, y él dijo, sí señor, qué pena con usted, uno no sabe si reírse o llorar o más bien sentir vergüenza, pero yo le dije, no se preocupe, que para ver esto fue que vinimos.

La visita a la fiesta nazi tuvo para mí otro retruécano que desembocó en una historia paralela, muy en el género de la picaresca criolla. ¿Qué pasó? En algún momento y en pleno barullo un joven nazifascista se las ingenió para deslizar su mano en el bolsillo de mi chaqueta y llevarse mi celular *inteligente*, uno de esos aparatos de última generación con todas las novedades tecnológicas, incluida la carga automática de fotos y videos en la nube. Me di cuenta al otro día y no le di mayor importancia, pues estaba asegurado y a las 48 horas me dieron otro igual, así que pude descargar en el nuevo aparato toda la información y archivos guardados en mi cuenta.

Cuál no sería mi sorpresa al ver que en la galería de fotos recuperadas había imágenes que no eran mías, sino de un joven de pelo rapado al estilo *punk* ochentero. ¡Era el ladrón! No sabía que todo lo que hiciera con mi

teléfono, fotos o videos o nuevos contactos para la agenda
—después de borrar la mía—, iba a parar directamente a mi
cuenta en la nube y por lo tanto yo podía verlo.

En pocos días hizo más de quinientas fotos y unos veinte
videos. Y la verdad me sentí retribuido, e incluso llegué a
considerar una verdadera suerte que se hubiera robado mi
teléfono… ¡Qué documento tan excepcional! Podía incluso
leer sus mensajes de texto. Me alegré de no haber cambiado
los códigos, ni siquiera cancelé el número, pues era un programa telefónico con el que no se podía superar una suma
irrisoria. A cambio de tan poco podría espiarlo a mi gusto,
ver de cerca una vida ajena.

El ladrón se llamaba Yonny, escrito así, a la colombiana.
En una de las fotos posaba con su mamá, Josefina, una
pobre mujer a la que se le veía en la cara la batalla diaria.
En los videos él le decía, «Mi cucha, te amo», y la abrazaba
y le daba besos. Al lado se veía una mesa con mantel de
plástico donde había servido un desayuno. Yonny tenía
tres hermanos mayores y dos hermanas pequeñas a las que
parecía querer mucho, pues más de la mitad de las fotos
eran de ellas. La casa era pequeña, un apartamento en algún
lugar al sur de Bogotá. En una tomada desde su ventana, el
cerro de Guadalupe se veía al fondo y a la derecha. ¿Dónde
podía ser?

También le gustaba filmar sus proezas sexuales con muchachos desnudos y en cuatro delante de él, pero también
de mujeres. Era bisexual. En uno de los videos aparecía
sodomizando a un joven que, a su vez, se lo metía a una
jovencita que por las fotos y mensajes supe que se llamaba

Ginna, una prepago caleña de diecinueve años que vivía en Bogotá y con la que iba a rumbas, fumaba marihuana y metía perico. Su mejor amigo y novio ocasional era Popeye. Aparecía con él en fotos de borracheras y fiestas en su cuarto, también metiendo drogas y bebiendo aguardiente.

Ginna le contaba sus secretos, era su confidente. En un mensaje de texto le hablaba de los seguidores de su cuenta de Twitter, así que la busqué y encontré otra veta invaluable para mi curiosidad y estudios.

He aquí una miniantología de frases de Ginna:

Una profesional: «Ponele que no comía sólido desde el domingo por hacer dieta líquida para dar culo ayer. La fuerza de voluntad es lo que me define».

O una humorística: «Me gustaría morir como mi abuelo, durmiendo pacíficamente y no gritando aterrorizado como los pasajeros de la buseta que manejaba».

O una regionalista: «No es por promover el turismo en Cali, pero los manes allá después de culear la dejan a una orinando con ardor una semana».

O una teatral: «¿Y si en vez de pedir mi mano me pides que te lo mame en un andén? Ya lo sé, mi ternura fue lo que te cautivó».

O laboral: «A mí después de que me ajusten lo del taxi, les culeo».

O de circunstancia: «Como esa vez que tenía TODOS los calzones sucios, me salió un polvo y tuve que ir a comprar una tanga de 3 mil».

O de clase social: «No hay peor pobreza que servir el jugo en pocillo».

Otra de clase social: «El arroz con atún es una de las cosas bacanas de ser pobre».

O familiar: «Mi papá me puso Ginna pero tú me puedes poner en cuatro».

En la agenda de Yonny estaba el teléfono de Ginna, así que un día me decidí y la llamé. Cobraba cien mil pesos por un servicio completo. La contraté, y le puse una cita en un motel de la Caracas con calle 67. En tres de los videos de Yonny ella aparecía bailando en tanga amarilla, encima de una cama. Una lata de cerveza era su micrófono para cantar *Bonita*, de Diomedes Díaz. La imagen me pareció tan hermosa que me arrancó lágrimas. Le pedí que llevara tanga amarilla, pero cuando llegó el día tuve una extraña sensación, no por un asunto moral sino por conocer aspectos de su vida y que ella lo ignorara. Yo no era más que un polizón cuando ella intentaba ser un poco feliz con Yonny, quien, según comprendí, también era prepago gay. Dos pobres jóvenes perdidos intentando mantenerse a flote con lo único de ellos que puede interesar a otros y pueden vender: su cuerpo.

Al verla sentí tal emoción que casi no pude hablar. Era una jovencita hermosa, llena de rebeldía en la mirada. Le di la plata por adelantado y le dije que fuera subiendo al cuarto mientras yo iba a comprar algunas cosas («Compre baretica o perico, papi», me dijo). Poco después la llamé al celular y le expliqué que mejor no me esperara, que había surgido un impedimento («Usté se lo pierde, ya me pagó», me dijo). Luego caminé con los ojos húmedos por la trece hasta la calle 59. Al llegar a mi casa saqué el celular y borré todo, desactivé los códigos y me olvidé de Yonny.

Así eran mis exploraciones nocturnas de la ciudad, a veces con extrañas derivas que terminaban por romperme el alma. Un espejo de fuego que decía: este es el mundo, si quieres conocerlo debes exponerte y de vez en cuando sufrir, aunque sea un poco. Porque tú eliges sufrir. ¡Qué privilegio! Es todo lo que ahora observo desde mi mansarda. Lo sublime es algo parecido: poder contemplar lo terrible pero desde un lugar seguro (lo dice Kant).

Más, más historias nocturnas.

Una noche, tras despedirme de mi tía y volver a mi biblioteca para un último vaso de ginebra, Abundio vino a decirme:

—Señor, ¿se acuerda de Afrodisio?

Le dije que sí.

—Me llamó hace un rato para un asuntico, venga le cuento.

Cerró la puerta y se sentó junto a mí, para hablar en voz baja.

—Hay un bar clandestino en el centro que hace *shows* de sexo en vivo, señor, y hasta ahí bien, pero resulta que esta noche... ¡el *show* es con una muerta!

—¿Qué? ¡No puede ser! —exclamé.

—Como lo oye, señor, ¿se le mide? No es sino llamar a Afrodisio y confirmarle, ya me pasó los datos.

Lo pensé un momento. Sentí rechazo y curiosidad al mismo tiempo. Ganó la curiosidad.

—Dile que vamos, ¿tienes la dirección?

—Sí, señor, tengo todo. Nombre de un contacto y hasta santo y seña. Prepárese que yo voy sacando el carro, Afrodisio ya debe estar allá.

Subimos por la Circunvalar, cruzamos muy rápido la mancha oscura del parque Nacional y el cerro de Monserrate. Abundio aceleraba. Yo sentía electricidad en los dedos.

El edificio, en una diagonal de la avenida diecinueve, tenía cierto esplendor venido a menos que, más allá de su deterioro, era prueba fehaciente de cómo tras el auge rara vez se logra la excelencia o la suprema armonía. Nada de eso. Lo más común es la estrepitosa caída, tanto en las personas como en las cosas.

La entrada era una presuntuosa ojiva catedralicia seguida de una puerta metálica de dos batientes, pero oxidada en sus flancos por el orín y con letreros de ofertas sexuales, la mayoría relativas al agrandamiento del pene por succión bucal. La ventana de la portería tenía el vidrio roto y, contradiciendo estadísticas oficiales sobre el *boom* de la mediana empresa, el cristal no había sido repuesto sino reemplazado por un cartón. Por supuesto a esa hora la portería estaba cerrada, pero había un citófono. Abundio hundió un botón y al oír una incomprensible voz metálica por la rejilla se limitó a dar el santo y seña.

—¡Zzzzzzzzzzz!

De inmediato abrieron.

Al llegar al piso once, puerta 22, Abundio explicó por otro citófono que éramos amigos de Afrodisio y volvió a repetir el santo y seña.

—¡Zzzzzzzzzzzz!

Se abrió esta segunda puerta y de la oscuridad surgió un negro afrodescendiente, como decía Abundio, de proporciones y musculatura enormes, que nos invitó a esperar en una sala lateral. Poco después llegó un tal Freddy, hombre de cincuenta años largos, vestido de dril y corbata mostaza, con patillas y un estruendoso peinado de mechón cola de ballena, típico de alguien que no parecía darse por enterado —como me pasa a veces— de algo tan elemental como que la década de los setenta ya llegó a su fin, y nos dijo, amigos, qué bueno que vinieron, esto está apenas empezando, bienvenidos.

Nos invitó a un reservado donde nos sirvieron tragos: una ginebra para mí y una cerveza para Abundio, que era el conductor elegido. Ahí se nos unió Afrodisio, que había vuelto a hacerse la jena y así el amarillo de su pelo resplandecía como una guaca quimbaya en la oscuridad.

Desde ahí miramos la primera parte del *show*, una danza erótico-prehispánica de la mitología muisca en la que una versión contemporánea de Bachué le hacía la corte a Bochica para acabar en una fornicación más o menos tradicional, bajo los sones de la canción *Espumas*, que yo detesto.

Me levanté al baño.

Por el camino una atractiva mujer, con apenas un camisón de estampado hinduista, posó suavemente su mano en mi pecho y me susurró al oído, con voz sensual, las siguientes palabras:

—Hola, papichurris, me llamo Indira y si haces doble clic en mi nombre verás esto: 32 años, Melgar, Administración de Empresas de la Tadeo, promoción del 2004, castaño natural, viciosísima, divorciada y a la orden, rumbera heteroflexible, doscientos ochenta mil en motel sin afanes o trescientos cincuenta en tu casa, toda la noche, oral, juegos, tríos, sado, beso negro, francés y griego. Acaba como quieras. Y estás de buenas porque hoy estoy en promoción: ¡dos sin sacar por el precio de uno!

Le agradecí, divertido por su insólita presentación, pero le dije que no podía esa noche, ¿y por qué no?, insistió ella, y yo le dije, con una mujer tan linda me puedo morir en el intento, y ella interrumpió, ay, no diga eso, no sea pesimista, vea que en este país la esperanza de vida está subiendo montones, ¿me invitas a un trago? Claro, le dije, y ella sonrió mirando el bar, tequila doble, me fascina el tequila, esa botella de allá.

El de la barra no le oyó pero ya sabía lo que tomaba. Se lo sirvió hasta arriba y dijo, uy, Úrsula, vea, se casa este año. Sacudió las últimas gotas. Gracias, Perico, tan montador. Dizque Úrsula. Para las almas sensibles soy Indira.

El baño estaba repleto, con gente muy variopinta: jóvenes que mojaban sus peinillas en los lavamanos para alisarse el pelo, otros que esperaban turno ansiosos para entrar a los reservados; un hombre cerca del espejo de entrada me dijo, ¿un paserile, jefe?, tengo de la mejor. Le dije que no pero él insistió: le aseguro que es de la buena, la que pega en la neurona por el centro y por el lado, llévese dos tamalitos por el precio de uno, estoy en *happy hour* hasta las dos. Todo el mundo está de promoción en este bar, me dije. Es mi día de suerte. Entré a orinar a un reservado y a los lados oí sendas aspiraciones nasales. También unos gemidos y el ruido de una boca chupeteando algo. Al parecer pocos venían a orinar.

Volví donde Abundio y Afrodisio justo cuando empezaba un nuevo *show*, con el negro de la puerta como protagonista, solo, sentado en el centro del escenario, vendado y con los brazos atados al espaldar de la silla. Supuse que el tema podría ser la esclavitud en América cuando sonaron dos toques, como de trompeta o pífano, y de la oscuridad surgió un ser asexuado con disfraz de ninja que saltó al escenario y le bajó la tanga al negro hasta los tobillos. Empezó a sonar *Así habló Zarathustra*, de Strauss, y poco a poco el pene del afrodescendiente se fue alzando como izado por una grúa invisible, ¡pero sin que nadie lo tocara! Tan sólo la concentración del hombre, su fuerza cognitiva. Una especie de Uri Geller genital. La música iba marcando el *tempo* y el pene continuó su deriva ascensional, y de pronto, cuando ya parecía algo sobrehumano y no el normal flujo sanguíneo en el tejido cavernoso, el crecimiento del pene llegó a su cénit y se detuvo.

—¡Tarán, taráááán…! —canturreó Afrodisio, que saltaba en su sillón y sudaba a chorros, un sudor teñido de jena amarilla que le manchaba el cuello de la camisa.

Los aceitados músculos del afrodescendiente se tensaron y el claroscuro los hizo ver más contundentes: bíceps y tríceps inflamados, venas del cuello brotadas, a punto de estallar y, de pronto, coincidiendo con una subida del volumen… ¡el pene, como una monstruosa jeringa humana, expelió una increíble eyaculación!

Un atronador aplauso cubrió la música.

—¡Bravo! —gritó alguien.

—¡Mágico, mágico! —gritó otro.

El ninja volvió de un salto al escenario y liberó al artista. Se inclinó en una venia hacia su público, hizo una carrerita por el frente del palco y se retiró por la entrada de actores.

Luego hubo un par de espectáculos más: uno lésbico-jurídico en el que una mujer penetraba a otra con un cucurucho de papel de una resma de hojas con el Código Civil impreso, que luego fue repartido entre la asistencia, y otro gay donde, tras un enculamiento, se simuló un embarazo masculino y al final un parto del que salió una marioneta alzando un cartel en el que se leía:

«Sí al matrimonio gay».

Cuando ya empezaba a estar fatigado —a pesar del imaginativo repertorio—, hubo un redoble de tambores y empezó a sonar el *Réquiem* de Mozart. Se apagaron las luces y los ninjas depositaron un ataúd en una mesa de metal, en el centro del escenario. La mesa, lentamente, se inclinó hacia el público dejando ver a una mujer joven, pálida, con los ojos cerrados y violáceos. ¿Estaba muerta en realidad? Luego las paredes del ataúd se abrieron hacia los lados y el cuerpo quedó en una camilla, con un velo transparente cubriéndole las piernas. Siete candelabros de siete velas iluminaron la escena con un resplandor amarillento. Desde donde yo estaba, la imagen parecía el *Cristo* de Mantegna. El brazo izquierdo, en teatral efecto, caía por uno de los lados.

Entonces Freddy subió al escenario y dijo:

—Buenas noches, querido público, esta velada es una de las más especiales del año. Como saben, nuestro cabaret tiene por costumbre despedir a alguna mujer que se va al más allá, y sobre todo a las que se han ganado el paraíso, pero antes de devolver los cuerpos a la tierra las bendecimos y les damos lo que más les gustaba: una fiesta de los sentidos, un sexo religioso que las haga irse al cielo sosegadas, bien comiditas y tranquilas —acá hubo unas risas algo vergonzantes—, al día con los placeres de esa misma vida que abandonaron, y en el caso de esta princesa de hoy, hace apenas un rato, pobrecita, y aquí quiero decirles algo, un detalle que nadie me está preguntando pero que quiero compartirles, y es que esta niña murió hace pocas horas y fue llevada a un hospital del sur, cuyo nombre por obvias razones no puedo mencionar, y que en ese hospital, como le pasa a muchos de los que llegan sin documentación, iba a ser puesta en una nevera por dos días, y luego, si nadie la reclama, le toca irse solita a la fosa común, como NN, ¿se imaginan eso? Una vaina triste y solitaria, un castigo que un capullito como este no se merece, ¿cierto que no?

—Nooo, nooo... —se escuchó rumorear.

Freddy balanceó las manos delante, pidiendo silencio.

—Por eso quiero decirles, distinguido público, que gracias a su asistencia esta noche no sólo vamos a despedir a esta princesa en su viaje al más allá como se merece, sino que le vamos a encontrar la identidad para entregarla a los familiares, así que no olviden que con su presencia están ayudando a una obra social, ¡y ahora sí...!

Dio un giro sobre sí mismo, chasqueó los dedos y gritó:

—¡Que empiece el espectáculo! ¡*Showtime*!

Se apagaron las luces laterales y por el micrófono sonó una voz misteriosa:

—¡La muerte es la pérdida de todos los símbolos, pero nosotros rescataremos los más cercanos a la vida…!

Dicho esto, los ninjas volvieron al escenario e hicieron una serie de danzas con antorchas de fuego. En los círculos que trazaban esas llamas podía leerse la palabra «Amor» y luego la palabra «Eterno», y así las tres figuras giraron en torno al cuerpo y de repente una de ellas le abrió las piernas… Lo hizo con suavidad, como si por algún motivo el *rigor mortis* no se hubiera aún manifestado, algo extraño e imposible, no lo sé, el caso es que los ninjas, cual derviches, empezaron a desnudarse entre sí a zarpazos y mordiscos, y cuando quedaron en tanga se vio que dos de ellos eran hombres y el tercero una mujer, y entonces uno se hincó de rodillas entre las piernas abiertas de la joven y, con gestos teatrales, comenzó a lamer su vulva, algo que me estremeció.

Cerré los ojos.

El cuerpo no tenía signos de violencia, ¿cómo habrá muerto si es que estaba muerta? Me dije que podría ser una actriz y que al final se despertaría, una suerte de milagro por estimulación sexual, pero no, el baile erótico continuó a su alrededor y nadie se despertó. Más que sexo con la joven, el *show* era una orgía entre los dos varones y la mujer ninja alrededor del cuerpo pálido. Los tocamientos se limitaron a unas pocas caricias, en realidad a la mímica de esas caricias.

Al final, la ninja danzante acabó recibiendo uno de los cirios encendidos en su orificio central, mientras que su boca y trasero eran penetrados por los artilugios punzantes de los varones, todo en un ritmo de miserere, y, al llegar a la apoteosis final, un apagón súbito de tres segundos nos dejó ciegos. Cuando volvió la luz estaban sólo los tres artistas. El cadáver se había esfumado, lo que parecía sugerir que su presencia había sido un sueño o una alucinación.

Acabé la ginebra de un trago y le dije a Abundio, bueno, creo que hasta aquí llegamos. Había sido una buena noche y ya no era necesario prolongarla. Nos despedimos de Afrodisio, que como pudo se recompuso camisa y chaqueta.

—Gracias —le dije—, usted sí que conoce el alma de esta ciudad.

Afrodisio me dio un apretón de manos. Las tenía sudorosas y enrojecidas de tanto aplaudir. Y dijo:

—Hay que enseñarles a los curas que el alma de las cosas está de la cintura para abajo, por el lado A y por el B.

Soltó una risita y agregó:

—Usted sí es un investigador serio, mi doctorcito. Ya le iré mostrando otras formas de esta misma locura tan necesaria para seguir siendo cuerdo en esta aldea. Aquí me tiene, muy a su mandar. Y cuando necesite arreglarse el cabello dígale a Abundio que lo traiga a mi peluquería. Se llama El Gran Gatsby, como la película. Soy un artista piloso, ¿sí o no, Abundio?

—Claaaaro… —dijo Abundio.

—Gracias, espero verlo pronto —le dije.

Ya en la puerta, Freddy nos alcanzó para despedirse y saber qué nos había parecido el *show*. Aproveché para preguntarle si en verdad la mujer estaba muerta.

—Bien muertica —dijo—, y fíjese, se nos fue hace pocas horas, sobredosis de heroína y alcohol, como Janis Joplin, pobrecita, es que se les va la mano con la droguita a mis reinas, pero qué más pueden hacer con esas vidas tan tristes que tienen, y esos recuerdos de infancia tan ásperos… ¡Así cualquiera!

Sacó un paquete de Marlboro, nos ofreció y encendió un cigarrillo.

—Era una desnudista de la Primero de Mayo —siguió diciendo—, ya encontramos a la mami en Pereira y le vamos a ayudar. Espero que el espectáculo no lo haya ofendido, doctor, es un modo de despedir a los que se van con nuestro estilo artístico. Usted sabe que la vida es dura para todos, pero más para los artistas.

Al salir, en silencio, volvimos a cruzar Bogotá de madrugada, vacía y fría, húmeda, en dirección norte. Al llegar a la casa pasé un rato en mi escritorio tomando notas de lo que había visto. El amanecer estaba lejos, pero mi mente hervía de imágenes.

La mansarda es como un estupa o un panóptico, nada escapa a mi vista.

Entonces decido releer, a modo de imprecación y cual Lucien de Rubempré criollo, unas páginas de Mario Mendoza, el poeta de la ciudad:

Bogotá, ciudad flamen entregada al culto de un dios desconocido... Bogotá, ciudad nictálope envenenada de sombras y tinieblas que convierten cada casa en un burdel, cada parque en un cementerio, cada ciudadano en un cadáver aferrado a la vida con desesperación...

Luego, satisfecho por el trabajo del día, me puse a ver una vieja película en sistema Betamax, *La fuga del loco y la sucia*, con Peter Fonda y Susan George (en inglés se llama *Dirty Mary & Crazy Harry*). En realidad la vi y entremedias dormité, pero a eso de las ocho ya estaba abajo, en el salón de mi tía, listo para nuestra frugal cena y la copa nocturna, una ginebra Hendrick's con hielo y limón para mí, y un whisky Chivas con hielo y soda para ella, delante de su ventanal, como siempre, teniendo como panorama las súbitas conflagraciones de los truenos y, más cerca, el resplandor de las casas vecinas.

14. Los vecinos

A ambos lados de la casa hay construcciones parecidas y de la misma época. En la del lado derecho funcionan las oficinas de una compañía de finanzas, IRP Atlántico, cuyo personal acaba a las seis de la tarde y a partir de ahí sólo se queda un guardia que duerme y oye transistor en una caseta, instalada en un ángulo del antejardín. Al otro lado, al izquierdo, hay una casa un poco más grande en la que vive una extraña familia. Una especie de inquilinato familiar. Fue Tránsito quien averiguó todo a través del tendero (en La tienda de Segundo, sobre la 57) y de la empleada del servicio: que eran tres hermanos con sus familias más la abuela, en total unas quince personas. La verdad nunca les presté atención desde nuestra llegada, pues las relaciones con los vecinos no son mi fuerte.

Por eso me intrigó tanto lo que vi anoche en esa casa, en una pequeña ventana del segundo piso. Había un niño mirando para afuera. Su carita apenas se movía, dirigida hacia lo alto, a un lugar que, calculé, debía estar entre el cerro y las nubes, justo encima de nuestra casa. El niño miraba y miraba la oscuridad de la noche, que es lo único que hay en ese punto. Y esto durante varias horas. Lo observé un rato desde mi ventana, pero él no pareció reparar en mí, aunque le habría bastado bajar los ojos. Tendrá unos siete años, me dije. Puede que ocho. Es un niño muy lindo.

No lo había visto antes. Ni en el parque ni en el antejardín, pero será por pura desatención, me dije, pues el niño jugará en los columpios y comprará dulces en la tienda e irá a hacer túneles en la arenera como todos los otros, como hice yo en ese mismo parque. Estuve atento pero no lo vi en los alrededores. Sólo al caer la noche volví a encontrarlo en la misma ventana, estático, mirando hacia lo alto. Pasé la semana espiándolo y él siempre ahí, en ese habitáculo que, según comprobé, es un baño. ¿Por qué lo hace? Tal vez quiere ocultarse del resto de su numerosa familia y sólo tiene ese baño para encontrar un poco de tranquilidad. Pasa horas y horas ahí, sin moverse en su solitaria ventana, y al parecer nadie extraña su presencia, ni siquiera a la hora de la comida. Cada vez que paso por mi dormitorio me asomo a verlo y ahí está, quieto en su posición. Se ha convertido en una idea fija pero a él, en cambio, no le interesa mirar hacia nuestra casa ni a los techos de los vecinos. Ni siquiera a la ciudad. Sólo el cielo, la oscuridad que es el cielo a esa hora, y por eso, en una noche en que lo observé por un rato especialmente largo, llegué a la conclusión de que era un niño ciego.

Por eso no mueve los ojos ni mira a nada.

Pero de ser así, ¿por qué enciende la luz? Lo hará para señalarles a sus parientes que el baño está ocupado. Es sólo una hipótesis: un niño ciego que se encierra en un baño del segundo piso para no ser molestado por los demás.

Sé poco de ciegos. Hace unos años, en París, mi tía y yo fuimos a cenar a la casa de una pareja de ciegos que vivían solos. Nos recibieron con mucho afecto y todo empezó muy bien —la mujer era asesora de Naciones Unidas—, excepto por un detalle involuntario y es que olvidaron encender las luces. La casa estaba en la más completa oscuridad y nosotros, mi tía y yo, no fuimos capaces de señalarlo a los anfitriones. Nos guiaron hasta la sala, nos sentamos y nos sirvieron un aperitivo, iluminados por el débil resplandor de los apartamentos del frente. Al cabo de un rato, el mundo parecía haberse dado vuelta. Ellos se movían con rapidez en su espacio conocido mientras que nosotros, intrusos, nos sentíamos ciegos. Por fin el hombre, al servir de nuevo los vasos, se dio cuenta y le dijo a su mujer, ¿están prendidas las luces? Fue un momento embarazoso que evidenció que ni mi tía ni yo nos sentíamos cómodos con el hecho de que ellos fueran ciegos, que por lo demás era cierto.

Recuerdo que acababa de leer el *Informe sobre ciegos*, de Sabato, en el que son descritos como una secta más o menos infernal que tiene sus cuarteles generales en las cloacas de la ciudad. También pensé en *Ensayo sobre la ceguera*, de Saramago, donde la invidencia se relaciona con la maldad. No son buenos tiempos para los ciegos, me dije mirando a mi joven vecino, a ese pobre niño solitario y probablemente ciego, aunque no estaba seguro de que lo fuera. No lograba ver sus pupilas. ¿Se movían o permanecían estáticas? Era imposible comprobarlo desde la distancia de mi cuarto o de mi biblioteca.

Otra de las casas que dan al parque, diagonal a la nuestra, una de las más grandes, es la sede de una sociedad ultracatólica llamada Tradición, Familia y Propiedad. Los miembros de esa secta son bastante pudorosos, se los ve poco, excepto cuando organizan procesiones por el barrio o cuando traen, cada año y en helicóptero, nada menos que a la Virgen de Chiquinquirá e invitan a todos sus adeptos a rendirle culto y por intermedio de ella a la Virgen de Fátima, la de los pastorcitos portugueses, donde se supone que la Virgen anunció el fin de la Unión Soviética.

De esto nos enteramos al poco de acabar el trasteo por Abundio, que quiso ir a rezarle. Al intentar ingresar chocó contra un muro de guardaespaldas de corbata negra y cables en las orejas. Lo registraron y le hicieron un montón de preguntas, tan privadas que prefirió olvidar a su amada virgen y regresar con nosotros.

—Es mejor que no se meta con esa gente, Abundio —le dijo mi tía.

—Sólo quería rezarle un poco, doctora —dijo él—. Cuando estaba en la mina iba todos los meses a implorarle, cruzaba arrodillado la plaza, entraba a la basílica y subía las escalinatas del atrio con un escapulario en la mano, y eso para que me protegiera y me diera aliento. Me sangraban las rodillas y me dolían los meniscos, pero la Virgencita nunca dejó que me pasara nada.

Y entonces Tránsito le preguntaba, ¿y qué cosas podían pasarle, Abundio?, ¿accidentes y cosas así?

—No, eso era lo de menos —dijo él—, lo más peligroso era verse enredado en una pelea ajena, eso les pasó a varios compañeros, imagínese si no habré visto yo vainas raras habiendo trabajado ahí diez años.

Abundio hacía su tradicional silencio, tomaba un sorbo de tinto y continuaba:

—Una vez me tocó una cobrada de deuda muy cruel, ni se imaginan cómo fue. Esa gente no se andaba con historias, eso es pum pum primero y luego preguntan, y así fue como una noche, estando yo dormido en el barracón, las luces se encendieron; entraron diez tipos armados y empezaron a zarandearnos buscando a alguien, iluminando caras con una linterna. Cuando me miraron yo me contraje, pero ahí mismo dijeron, tampoco es este, y siguieron con otro. Al final agarraron a uno que no era minero sino capataz, un muchacho joven que había venido del Meta hacía poco. Lo tiraron al suelo de un patadón, delante de los que estábamos ahí, acostados y aculillados. Se me heló la sangre, señor, imagínese el susto, y entonces empezaron a decirle, o a gritarle, ¡confiese lo que hizo gran malparido, confiese que le va mejor!, y el muchacho decía no, pero qué voy a confesar si no he hecho es nada, se están equivocando de man, llamen a don Efra, que era el capataz jefe, pero cada vez que abría la boca le daban un culatazo hasta que se le rompió todo, la nariz y la boca y los dientes, que los iba escupiendo y caían ensangrentados sobre el tablón del suelo. ¡No se haga el marica, confiese!, le seguían diciendo, y él, pero demen una pista, ¿qué tengo que confesar? El capataz hablaba con la cara hinchada, con un ojo ya cerrado por los golpes. Se meó en los pantalones y uno de los sicarios se adelantó y le dijo, ¡cochino hijueputa!, y le pegó una patada. El muchacho se puso en posición fetal, ya ni veía de dónde le venían los golpes, y entonces pasó algo muy feo, señor, una cosa realmente muy fea y es que el jefe de los sicarios nos miró a los que estábamos en las camas y dijo, bueno pues, antes de llevarnos a esta gonorrea les vamos a dar un regalito. Seguro que este hijueputa los jodió a todos en la mina, ¿no? Pues les llegó la hora de la venganza. Que cada uno venga y se despida dándole con este garrote, y sacó una cachiporra de esas de hierro pero con caucho por fuera, y yo pensé, ay Virgencita, que no me llamen a mí de primero, que no me llamen, y preciso, sacaron a uno que estaba en otro catre, y le dijeron, a ver, golpéelo bien, porque seguro que esta gonorrea le jodió la vida en el trabajo, ¿o no?, y el pobre minero, un joven al que le decían Mazorca porque tenía granos en la cara, se levantó, agarró temblando la cachiporra y se acercó al pobre capataz, que lloraba y sangraba y se retorcía en el suelo, pero Mazorca empezó también a temblar y le dio un golpe en un brazo, pero los asesinos le dijeron, noooo, ¿y esa caricia? Uno le quitó el garrote y le pegó en la oreja un totazo tan fuerte que sonó como si el hueso se hubiera roto, así es que se golpea, papá, ¿le voy a tener que enseñar?, y los otros se reían, estaban borrachos y drogados, a ver, pruebe otra vez que ese hijueputa ya no siente nada, y entonces el joven minero levantó la cachiporra y, temblando, le asestó un golpe en la cara que lo hizo gritar, y los asesinos aplaudieron, ese sí estuvo bueno, a ver, que pase el siguiente, y mientras se sentaron y siguieron bebiendo de una garrafa de aguardiente, y así fuimos pasando todos y eso ya saltaba era el chisguete de sangre y el capataz cada vez se movía menos, los asesinos se reían y yo me escondía detrás, en la fila, y ahí empecé a rogar, ay, Virgencita, haz que no me toque, haz que no le tenga que pegar a ese pobre muchacho, y ya cuando iba a ser mi turno, con el golpe que le pegó el de adelante mío, el joven capataz empezó a tener convulsiones, como si el cuerpo fuera una culebra que se contraía, y entonces los asesinos lo arrastraron de una pata hasta afuera y ahí mismo le pegaron tres pepazos en la cabeza, y oí a uno que dijo, ya dejó de patalear esta gonorrea, vamos a botarlo, pero antes de irse entraron y nos encañonaron, y el jefe dijo, los estoy mirando y ya sé quiénes son, mis pirobos, así que si esto se llega a saber afuera de la mina acá volvemos, así que nos quedamos callados, haciendo sí con la cabeza hasta que se fueron; yo me pasé la noche dándole las gracias a la Virgencita por haberme protegido.

Por eso Abundio era tan religioso. Según él, la Virgen de Chiquinquirá nunca lo había defraudado; al revés, lo consentía y a veces eso le daba miedo. ¿Qué tal si alguien allá arriba se da cuenta y deciden quitarle un poco? Lo malo de los tribunales del cielo es que, al cobrar cuentas, cortan por lo sano y con poco estilo.

A Tránsito también le gustaba rezar e iba a misa todos los domingos, aunque lo hacía más por un sentido del orden que por verdadera fe.

—Yo en Dios creo poquito, ¿cómo puedo creer si dejó que mataran a mi hermano? Eso es algo que está pendiente —decía, pero luego rezaba e incluso al hablar vivía diciendo cosas como, «si Dios quiere», «Dios mediante», «que la Virgen lo proteja».

A mi tía, en cambio, todo eso la sacaba de quicio. Que la religión se saliera de los altares era un irrespeto a la civilización, al humanismo, y así lo manifestó en muchas de sus intervenciones públicas.

Recuerdo una de sus frases: «La religión debe tener en la vida de un pueblo el mismo espacio físico que tiene en las ciudades: es una de las casas de la plaza central, sí, pero no es la única ni mucho menos la más importante». Esto lo dijo en Lisboa, durante una reunión del Fondo de Población de Naciones Unidas para el que trabajó tantos años. Pero en privado era muchísimo más radical y, por qué no decirlo, intolerante. En una ocasión me dijo:

—La religión es la supervivencia de un pensamiento mágico de la antigüedad, y sus peores enemigos, hoy por hoy, son la ciencia y la razón. Yo comprendo que hace dos mil años la gente creyera en dioses, ¡en esa época un rayo era algo incomprensible!, ¿pero hoy? Esto no lo diría en Naciones Unidas, te lo digo a ti, sobrino, pero es que seguir creyendo en eso, a estas alturas y con los avances de la ciencia, es una demostración de ignorancia, ni más ni menos. Nadie puede ignorar olímpicamente quinientos años de historia científica y desconocer el origen de la vida y el modo en que el universo se desplegó a partir del *big bang*. ¿Seguir creyendo hoy? ¡Ya conocemos el genoma y el átomo y el bosón de Higgs! ¡Todo eso de la Santísima Trinidad, la Virgen María y los ángeles no es más que superstición! Y ni hablar de esa organización mafiosa que es la Iglesia. Mira esa ridícula puesta en escena del cónclave para elegir al nuevo papa. Si de verdad fuera el Espíritu Santo el que inspira a los cardenales, ¿por qué tienen que repetir tantas veces las votaciones? Es increíble que los católicos no se lo pregunten y sigan prestándole atención a semejante locura, pues la Iglesia, como colectivo, es en realidad bastante repugnante, con sus ladrones y pederastas, su apoyo a dictadores y asesinos del pueblo, su ceguera voluntaria durante el Holocausto y sus hogueras inquisitoriales. A mí esos católicos, cualquier católico en realidad, me produce una contradictoria mezcla de compasión y curiosidad, pues, además de las orgías de poder y la hedionda corrupción de un gremio que lleva siglos viviendo del cuento de la bondad y la vida eterna, lo cierto es que con menos del cinco por ciento del cerebro ya uno se puede dar cuenta de que toda esa fábula de Dios y la Virgen es completamente inverosímil.

En una ocasión, puede que influenciada por sus visitas a Portugal, mi tía tuvo un sueño muy narrativo que luego me contó con pelos y señales. Yo lo anoté cuidadosamente en una libreta del hotel donde estábamos alojados, y después lo pasé a mi diario:

«Iba por un sendero en medio del sol de la tarde, lleno de matorrales y espinos, y poco después entré a una ciudad abandonada. En una de sus avenidas un temblor me tiró al suelo y el aire se llenó de humo y de polvo, y cuando miré hacia el camino, que ahora era de piedra, vi que estaba lleno de escombros y que había restos de cuerpos, brazos y piernas mutilados, caras sorprendidas por la muerte y cadáveres esparcidos por todas partes, y entonces, mientras remontaba la calle principal, enmarcada por palacetes derruidos y humeantes, noté que no estaba sola. Detrás venía un grupo de sombras que iniciaba el ascenso por esa misma calle, dirigidos por un encapuchado que llevaba sobre el hombro una pesada cruz. Cuando se acercaron los vi mejor, todos con capotes y capuchas. Avanzaban con dificultad llevando largos bastones. Los dejé pasar y seguí la marcha con ellos, avistando las colinas altas de la ciudad, donde aún brillaba una cúpula a pesar de los incendios, el humo y las cenizas que volaban en el aire.

»Con gran esfuerzo el líder condujo al grupo hacia el último ascenso por una escalinata ennegrecida y los restos de un jardín de abedules carbonizados, con una fina capa de ceniza allí donde debían estar la hierba y las flores. Al coronar la cima y avistar el palacio, justo cuando los del grupo se daban un respiro antes de ingresar al templo y comprobar su destrucción, una atronadora ráfaga, desde lo más oscuro de la noche, los fue derribando, y yo caí de rodillas y levanté los brazos. Alcancé a ver mi propio cuerpo destruido por las balas. El vértigo me hizo abrir los ojos y al darme cuenta todo había desaparecido».

Mi tía siempre se interesó por la religión, pero como una creación filosófica y estética. Nunca fue devota ni creyó en nada que no pudiera tener delante de ella, interrogar o contradecir.

—No pierdas el tiempo creyendo en dioses ni en pendejadas —me dijo una vez—, más bien fíjate en el arte y en la filosofía de las creencias, eso sí es conmovedor. No interrogues las doctrinas, que no vale la pena. Pregúntate cuánto miedo y cuántas preguntas sin respuesta fueron necesarias para que el hombre creara esas obras de arte a las que dio el nombre de religiones.

Por eso en su biblioteca había ediciones ilustradas de la Biblia, el Corán y el *Mahabharata*. De este último tengo un recuerdo dramático y que a mi tía le da un poco de risa, durante una representación en un teatro al aire libre en Yakarta, con trajes de época y en idioma hindi. Cuando ya los hermanos Pándavas ascendían a los cielos me desmayé, literalmente, tal fue el efecto de perturbación sobre mis nervios de esas cuatro horas de insoportables saltos y máscaras y ruidos incomprensibles que, sin embargo, a mi tía la entusiasmaban.

Uno de sus personajes favoritos provenía del hinduismo y era Ganesh el Elefante, el que, según la tradición, escribió el *Mahabharata* al dictado de Viasa. Ella tenía siete estatuas de Ganesh, con su trompa enroscada; los más grandes eran uno de madera, colgado en el vestíbulo del primer piso, y otro de piedra, que instalamos en el patio interior, con la idea de hacer en torno una fuente. Del judaísmo le gustaban los candelabros de siete velas. Le parecían armónicos, una especie de pentagrama. Del islam había poco, por razones obvias, pues es la religión más ferozmente iconoclasta. Sólo un par de medallones con caligrafía árabe comprados en Estambul, reproducciones de los de Santa Sofía.

Una de las cosas que ella argumentaba, por cierto, era que el catolicismo no había sido nunca una religión monoteísta.

—Fíjate en la basílica de San Pedro, en el Vaticano, ¡está repleta de gente! O en la iglesia de la Compañía, en Quito, la más hermosa de toda Latinoamérica. Por todos lados hay ángeles y divinidades mayores o menores. Compáralo con el vacío de una mezquita o de una sinagoga. Las iglesias católicas son como los templos hinduistas, están repletas de dioses, ¡qué va a ser eso monoteísmo! Es increíble que nadie haya hecho notar algo tan simple y evidente.

No soy religioso, como ya he dicho, y mi espiritualidad se ejerce y busca su cauce a través de la literatura, el arte, la armonía de la ciencia. Creo en la experiencia vivida y en términos literarios una familia es sobre todo una larga narración. En cierto modo, una novela decimonónica. De Balzac, por ejemplo. Conocer la historia desde el principio e incorporarse a ella para continuarla es la forma de pertenecer a una familia. Ahora, algunas de esas novelas son de amor y otras de aventuras, pero la mía, por un hecho puramente fortuito, fue una novela triste y por momentos de terror. Aun si en un día esplendoroso como este la silueta de la casa se vea hermosa gracias al sol, el aire y las nubes.

Un poco más tarde, cuando oscurezca, iré a la ventana para vigilar al niño y ver la lluvia.

15. El niño y la lluvia

Ayer, mientras lo observaba, me pareció que el niño ciego escuchaba música, pues creí reconocer que seguía un ritmo con su cabeza, hacia adelante y hacia atrás, como persiguiendo una débil melodía. No puedo asegurarlo, ni siquiera puedo afirmar que sea ciego, pero en el fondo es bastante normal que se acompañe con algo en medio de ese silencio aterrador que, al menos desde mi ventana, parece rodearlo. La noche también debe darle sosiego, pensé. Con la luz, la niebla de sus ojos debe de transformarse en una caperuza resplandeciente; mejor la noche apacible, que es descanso y paz. Tal vez por eso está ahí, siempre, buscando esa paz y ese silencio adornado con un poco de música que no encuentra en ninguna otra parte de la casa. ¿Cómo serán sus ruidos? Imagino charlas necias, intensas o groseras, risotadas vacías, chatas; estruendo de platos y cubertería, el televisor desde algún *living*, donde nadie lo ve, con música de comerciales y la voz melosa de los doblajes, algún radio prendido en la cocina, un iPod desde el dormitorio de los adolescentes; ruido de palabras y palabras.

El niño ciego huye de todo eso y busca estar solo, recogerse en su isla a la deriva que es ese baño, probablemente a la mitad de algún corredor, por la posición que tiene en la casa. ¿Qué pensará él de su corta vida?, ¿cuáles serán sus esperanzas y anhelos?, ¿qué cosas imaginará cuando ansía sentir seguridad y fe?

Mientras lo miraba, una gota golpeó el vidrio.

Luego otra y otra. Empezaba de nuevo el aguacero. Un minuto después parecía imposible que hubiera en el aire una sola molécula que no estuviera ocupada por la lluvia, pero yo seguía mirando al niño. Había dejado de mecerse y parecía escuchar atento el fragor del agua contra su ventana, golpeando de lado los techos y muros de su baño y, más abajo, haciendo pozos en el pasto del antejardín y charcos en los andenes.

Llueve y uno quisiera ser otro, cambiar de nombre, salir a la intemperie y dar saltos, estirar las manos, recibir las gotas en la piel y oírlas golpear la teja de eternit como los sonidos altos de un piano. Y al fondo del aguacero el rugido de los truenos que parece provenir de una caverna.

Entonces creí ver que el niño sonreía. Un gesto muy fino moduló sus labios y me hizo comprender que le gustaba este repentino estrépito. ¿Qué cosas pensará? ¿Qué será importante para él o de qué sentirá nostalgia?

Llueve y, al caer la noche, es legítimo creer que las cosas pueden o podrían ser distintas.

Pero es hora de ir a ver a mi tía.

¿De qué otras cosas hablábamos tomando esa copa vespertina, frente a las tormentas y el atardecer bogotano? Por supuesto, del modo en que todos nos acostumbramos a la nueva casa. Ocurrió con tal rapidez que casi podría decirse que estábamos *regresando a ella*. Mucho más que a cualquiera de las viejas casas.

16. Las viejas casas

Muy pronto se instaló ese aire de cotidianidad que va envolviendo los espacios y la vida. La perrita jugaba entre las piernas de mi tía o paseaba con Tránsito en el parque. Abundio hacía solitarios o subrayaba en lápiz los avisos clasificados del periódico, y una vez por semana se ponía a revisarle el motor o los frenos a nuestro Peugeot color vino tinto; Tránsito preparaba en su cocina elaboradas recetas de platos franceses que mi tía le había enseñado años atrás, como el *boeuf bourguignon*, rociado con vino tinto de Burdeos...

¿Y yo?

Por supuesto, me entregué a mi trabajo, a eso que di en llamar mis «adelantos cotidianos»: recopilar en un solo texto el abundante millar de notas tomadas sobre eso que por ahora llamo *Uso del diminutivo en Centroamérica y regiones andinas*, que, ya dije, es mi nuevo proyecto, con el escritorio repleto de obras clásicas de cada una de esas regiones que me permiten encontrar ejemplos e ilustrar mis teorías lingüísticas.

Mi tía, por su parte, ya casi nunca sale de sus habitaciones, donde pasa el tiempo leyendo obras clásicas rusas, escuchando a Mahler o a Schumann, mirando sus objetos y recordando.

Sobre todo, recordando.

Éramos felices. Una extraña felicidad que quería decir silencio y paz. La casa misma parecía extremadamente tranquila. Como si también ella nos hubiera esperado desde sus primeros tiempos, más de un siglo, y ahora sus muros y corredores estuvieran al fin apaciguados. De algún modo era la suma de nuestras casas anteriores. Incluso el patio al que daba mi dormitorio, con su estatua de Ganesh, que rememoraba otros patios perdidos.

Una tarde le pregunté a mi tía a qué casa de las muchas en que vivimos le gustaría regresar, y no lo dudó un segundo:

—A la de Sundar Nagar, en Delhi, con el jardín en el que dos veces encontramos serpientes, los techos altos y los ventiladores de aspas girando, con esos bolsones de aire estancado que olían a madera y a cera, con las contraventanas pintadas de azul, como los hospitales de Neruda, y halcones sobrevolando la entrada. Con esas familias de micos que venían a instalarse en el árbol de la terraza, con el olor a curry de la cocina y el inglés indostánico de los empleados, su «z» pronunciada como «ye»[6], con los viejos muebles comprados en los anticuarios del Hauz Khas Village, y el

6   Este es uno de los fenómenos fonológicos más llamativos del inglés de India, la transformación del sonido inglés «z», un africado predorsodentoalveolar sonoro, hacia una «y» fricativa prepalatal (posalveolar) sonora.

sabor delicioso del *tandoori* y el *birjani* traídos del restaurante Karim, en Nizamuddin West, o los...

Y de nuevo se quedaba en silencio, con la cabeza hacia atrás, y yo sabía que estaba recorriendo obsesivamente esa casa o revisando el mercado de anticuarios de Mathura Road, con piezas traídas de Nepal y Cachemira, o paseando por el Lodi Garden y sus templos, imbuida en el olor de la ciudad, esa mezcla de carburante y humo y basura a la que uno se acostumbra y más tarde llega a extrañar, o en medio del ruido infernal de los *rickshaws* y los carros japoneses y los Tata omnipresentes, y ese aire denso de los mercados de Old Delhi, el magnífico Chandni Chowk en el que, una vez, presencié un atasco humano, en fin, ese mundo que tanto nos marcó y se nos metió en las venas, así es la India, hay quienes la desprecian por la suciedad y el desorden, y otros, como nosotros, que la incorporan, que la dejan entrar para siempre. Cada día nos preguntamos qué temperatura habrá en Delhi y si estará lloviendo o no y si los monzones llegaron antes. Son las cosas que le importan a uno cuando ama esa ciudad.

Mi tía parecía de nuevo dormitar. Por la ventana entraba un violento crepúsculo y yo me decía que nuestros mundos eran en realidad uno solo: la misma vida y el mismo aire. La misma memoria. En esos recuerdos que debían correr por su cerebro como potros asustados por los relámpagos estaba el único hogar posible para mí, más allá de estos cerros, de esta ciudad y de este parque.

17. El parque

Ya dije que era un espacio ovalado y a desnivel, entre las carreras quinta y cuarta, que en mi niñez era un enorme islote de árboles y prado con algunos senderos, y hoy un parque más moderno, con cancha enmallada de futbolito y, para mi gusto, demasiado pavimento.

En la parte central conserva una zona de juegos infantiles: la rueda, los columpios, una barra para colgarse y hacer piruetas, los caballetes, un rodadero y una arenera para los más chiquitos. En el centro hay un pino al que los niños se trepan para jugar, imaginando que es un submarino o una astronave.

Abundio y una de las enfermeras sacan a mi tía a pasear en su silla de ruedas un rato cada mañana, acompañada por su perrita, y la llevan por los senderos que suben a la parte alta, que a pesar de tener escalones son bastante cómodos. Desde ahí la vista llega más lejos y ella, según me dicen, rememora y señala cosas, cuenta historias, compara lo que ve con escenas de alguna otra ciudad. Pasionaria, mientras tanto, corretea y juega con los demás perros, que son muchos y que en el fondo son los verdaderos dueños del lugar, saltando y olfateándolo todo, incluso sus desniveles y riscos.

Después del almuerzo, cuando no llueve y sobre todo cuando no sopla ese viento asesino que baja del cerro, me he ido acostumbrando a sacarla una segunda vez, aunque noto que cada día la fatiga es mayor. Por eso, con el pasar de los meses, estos paseos se han convertido en escenas de cine mudo, lo mismo que nuestras tardes de aperitivos. Pero yo sé lo que hay en su cabeza con sólo mirarla. Cada vez que volvemos a la casa pienso que el tiempo de mi tía se acorta.

El de ella y el de nuestra vida juntos.

Luego, al anochecer, voy a la ventana a mirar al niño, en la casa vecina. ¿Se dará cuenta de que lo miro? ¿Cómo me veré yo y cómo se verá nuestra casa o nuestra vida desde su ventana?, ¿cómo seré yo desde la ventana del frente? Si en verdad es ciego no podrá saberlo, sólo lo intuirá. Esto si sabe de nuestra existencia; si alguien le ha hablado de esa casa vecina —y misteriosa para ellos— en la que viven un hombre maduro y su anciana tía, los dos solos, con algunos empleados.

¿Cómo es nuestra vida desde la ventana del frente?

Hay un cuento de la escritora española Cristina Fernández Cubas en el que una monja de clausura sale una sola vez de su claustro, siendo ya una viejita arrugada, para cruzar la calle y pedirle a su vecina que le permita ver desde el balcón los jardines de su convento, del lugar en el que ha vivido desde los siete años.

Mirar la vida desde el balcón de la casa del frente. Tal vez para eso sirven los libros y el arte.

Seguí observando al niño e intenté imaginar sus pensamientos, probablemente influidos por las constelaciones que intuye en el cielo o las oscuras nubes, o incluso por la silueta del cerro, si es que realmente lo ve. Es difícil, desde donde estoy, adivinar qué es exactamente lo que mira. Ahora comprendo que sus parientes no lo busquen y me he acostumbrado a su presencia. Lo que me pregunto es, ¿por qué nunca mira hacia mi ventana?

Su solitaria figura en la ventana, esa luz encendida en la noche me acompaña hasta muy tarde mientras copio y ordeno fichas y redacto capítulos, uno tras otro, de lo que muy pronto será mi siguiente libro.

18. El siguiente libro

Esta mañana, poco antes de las once y en medio de una mesa cubierta de volúmenes abiertos, apuntes de cuaderno, notas sueltas de libretas y casetes con centenares de grabaciones, acabé mi nuevo libro, que por fin titulé *El uso del diminutivo en Centroamérica y el área andina*. Al terminarlo bajé a la cocina y le pedí a Tránsito un café bien cargado, y con la taza en la mano salí al patio a mirar la figura de Ganesh. Es extraño acabar un libro. El día se vuelve una enorme extensión de tiempo, algo cuya resistencia uno debe vencer. Me senté al borde de la fuente, acabé el café y me serví otro.

Luego subí a mi estudio y volví a mirar la pantalla. Releí las «Consideraciones iniciales» y suprimí una coma, pero al volver a leerlo la restituí. Repasé el índice y vi que estaba completo. Entonces puse una resma de papel en la impresora Hewlett Packard Laserjet 1102w y lancé la impresión. Cinco minutos después tenía el bloque en la mano: 479 páginas en letra Garamond tamaño 12. Lo puse en un fólder y salí con él a la calle. Crucé el parque y bajé a la séptima. En la calle sesenta entré a una papelería y lo mandé empastar usando anillas, separado en dos tomos para poder manipularlo mejor. Luego fui hasta una oficina de mensajería rápida en la sesenta y tres. Armé un paquete con los dos manuscritos, partes I y II, y lo envié en correo rápido a don Agustín del Moral, director de la editorial de la Universidad Veracruzana, con una escueta nota que decía:

«Estimado Agustín, acabo de terminar este nuevo trabajo. Lo someto a su consideración. Un saludo».

Era mediodía y sentí hambre. Fui caminando hasta una venta de hamburguesas sobre la séptima y pedí una doble carne con papas fritas y anillos de cebolla. La comí sentado en el andén de una estación de gasolina, mirando los carros repostar. Luego subí a la quinta y me dispuse a regresar a la casa dando un paseo del que muy pronto me arrepentí, pues los andenes estaban quebrados por raíces de árboles u ocupados abusivamente por automóviles. Esto me puso de un genio atroz, así que volví a la séptima y paré un taxi. ¿A dónde?, me dijo un tipo con repulsivo aspecto de sacerdote.

—Al centro comercial Atlantis —dije sin pensar.

Llegué a ese lugar y me bajé del taxi, sin saber qué quería o qué buscaba en semejante templo de la ramplonería y el mal gusto. El edificio es tan *kitsch* y horripilante que parece un radiocasete con bafles laterales. La verdad es que odio ese centro comercial y por eso no lograba entender qué diablos fue lo que me llevó allá, pero cuando estaba por parar otro taxi comenzó a llover. Esa exasperante lluvia bogotana, siempre en los peores momentos, en los más inoportunos, así que no me quedó más remedio que entrar al adefesio y, ya adentro, tal vez por un deseo animal de fuga, comencé a subir y subir por las escaleras eléctricas.

En el último piso encontré las salas de cine y decidí elegir una película, pensando que tal vez y muy en el fondo era eso lo que había pretendido desde el principio, lo que me había hecho venir a este repugnante lugar.

Para mi sorpresa daban una película francesa, así que compré una boleta. Por supuesto que la sala estaba vacía, ¿quién se interesa acá por algo distinto de las estupideces de Hollywood? Lo raro es que hayan programado un filme francés, me dije, así que me senté a esperar a que comenzara, incómodo ante la idea de exasperarme otra vez y verme obligado a abandonar la sala antes de tiempo, dejándola aún más vacía.

Me entró una curiosidad, ¿quiénes eran mis acompañantes en esa sesión de cine, nada convencional para este lugar y más aún para esta ciudad? Al fondo había una pareja de jóvenes. No parecían novios, pero noté en ellos una gran cercanía. Tal vez fueran hermanos. El muchacho era más joven e intuí que fue ella la que lo llevó a la película. Parecía universitaria e incluso diría que de la Nacional, de una carrera humanística. Él tenía pinta de estar acabando el bachillerato. Sobre el lateral había dos tipos más o menos de mi edad, uno de pelo cano y hablar costeño, delgado, vestido con cierta elegancia informal; el otro era de tez oscura y mirada torva, de ojos verdes, con un anorak impermeable que denotaba cierto fervor adolescente.

¡Qué extraños personajes vienen a estas películas!

El último espectador estaba en la fila de atrás, cerca de la puerta, un hombre mayor pero de aspecto juvenil, pelo blanco y ojos azules, con una chaqueta deportiva y una camisa de marca. Tenía aspecto de cineasta latinoamericano en el exilio y, para reafirmar esta impresión, llevaba en la mano una libreta de notas. De pronto se abrió la puerta y entró una mujer bastante más joven que vino a sentarse a su lado. No logré escuchar lo que dijo, pero sí su acento hablando español, tal vez desde el portugués. Sólo cuando apagaron las luces y comenzó el filme tuve una certeza: ahora que mi tía estaba tan cerca de la muerte (casi en sus brazos suaves y aterradores) esos anónimos espectadores podrían ser las personas más cercanas y afines a mí en esta inhóspita ciudad, que a veces se parecía tanto a un palacio de aire y de nubes.

19. El aire y las nubes

Fue Tránsito quien la vio primero y vino a decírmelo a mi cuarto. Señor, la doctora no abre los ojos. Conviene que venga a verla. Me levanté de un salto y me puse la bata. La encontré tendida sobre el lado izquierdo, con los ojos cerrados. Toqué su frente y la sentí muy fresca. Una frialdad que no correspondía a sus gestos plácidos.

Murió en medio del sueño, pensé.

Me senté a su lado y acaricié su pelo blanco. Dejé correr entre mis dedos, por última vez, esa cabellera que tantas veces besé. Marquesa, la perrita, subió de un salto a la cama y comenzó a lamerle las mejillas. La dejé hacer y luego la retiré con cariño. Mi tía estuvo conmigo desde los seis años y ya no pudo más, ahora debía irse. Esta forma suave de hacerlo tenía mucho que ver con su modo de ser y sus modales.

—No quiero tumbas ni ataúdes —me había dicho—, quiero que me incineres.

Es exactamente lo que pensaba hacer.

Al salir al corredor encontré a Tránsito de rodillas, rezando y llorando al mismo tiempo. Por ser la noche de sábado a domingo, y por ser Semana Santa, las enfermeras no estaban en la casa (tampoco Abundio), pero me pareció mejor así. Ellas habrían luchado por mantenerla y se habría roto esa inmensa placidez. No es improbable que haya decidido irse precisamente esta noche para hacerlo con tranquilidad. La observé y me sentí vacío, aunque, también, poseído por una inmensa fuerza.

Ahora estaba solo en el mundo.

Volví a tocarla para cerciorarme de su muerte y ahora la frialdad no me impactó. Su cuerpo estaba rígido. No logré ponerla con la cara hacia arriba, pero tampoco hice ningún esfuerzo. Así quedó antes de alejarse para siempre, como esos gestos de hijos y esposas que ven los soldados desde los trenes, al partir a la guerra: rostros congelados con los que ellos, después, morirán en las trincheras.

¿Qué hacemos?, quiso saber Tránsito, y yo le dije, quiero pedirle un favor muy grande: mi tía fue siempre agnóstica, pero usted es creyente, así que le pido que vaya a la iglesia y rece por su alma, por la de ella y por la suya, y también por la mía. Yo me ocupo de todo, y ella replicó, pero sumercé, ¿cómo se le ocurre que lo voy a dejar solo?

—Llamaré a la funeraria y vendrán dentro de un rato —le dije—, no hay nada más que hacer, vaya tranquila. Yo debo terminar varias cuestiones.

Tránsito fue a cambiarse para ir a la iglesia y al salir le di un abrazo. Rece con mucho afecto por ella, le pedí, y ella respondió, llorando, ay, señor, ¡yo todavía no lo puedo creer! Quedamos de vernos un poco más tarde.

Di una vuelta por la casa, tan sola ahora. Terriblemente sola. Entonces me decidí a bajar al sótano. Abrí una de las cajas de mi tía con el rótulo «Correspondencia privada» y saqué uno de esos sobres de cartas que jamás me atreví a tocar y reconocí de inmediato la letra de mi padre. Leí una y otra, leí y leí.

En una de ellas, por fin, se hablaba de mí.

«Crece sonriente y tiene una extraña afición tribal por el fuego: el jardín está lleno de cenizas y brasas apagadas. Le gusta hacer hogueras y extraños rituales».

Sentí que la voz de papá llegaba con nitidez, del fondo más oscuro de mi memoria, y escuché sus gritos sobre-puestos a los de mamá, que agarraba mi mano y me subía por un laberinto de escaleras ciegas, ¿dónde estaba yo? No recuerdo esa casa, no puedo recordarla. ¿Fui yo el que inició el fuego? ¿Fue ese el extraño ritual que mi tía quiso ocultar?

Las voces de los dos retumbaron gritando mi nombre.

Agarré a Marquesa, le puse la correa y la llevé al parque. Iba a estar un poco incómoda, pero preferí atarla a una de las rejas de la cancha de baloncesto. La besé en el hocico.

Regresé al garaje y saqué dos bidones de gasolina. Los derramé en el sótano, sobre los baúles de cartas y recuer-dos y, desde las escaleras, encendí un fósforo. Papá tenía razón. La llamarada iluminó las paredes de un azul intenso y enigmático. Luego subí al segundo piso y fui a ver por última vez a mi tía.

—Gracias por salvarme y por la vida que me diste —le dije.

Cerré su puerta y fui a mi dormitorio.

Al asomarme a la ventana vi a mi pequeño vecino en su puesto de siempre, y me dije, ¿qué hace ahí a esta hora? Claro, es domingo. El niño miraba hacia lo alto pero de repente se movió. Sus ojos bajaron del cielo nuboso y vinieron hasta mi ventana, refulgiendo, como si ya proyectaran, espejeantes, las llamas que salían de nuestra casa.

Al encontrar sus ojos sentí un ardor y noté que no era ciego, que sus pupilas estaban vivas. Entonces levantó una mano e hizo un gesto que yo interpreté como «ven, ven», pero que también podría querer decir «adiós, adiós». Sin dejar de mirarme, se alzó de donde estaba y se acercó más al vidrio. Su rostro me pareció muy familiar.

«Adiós, adiós», siguió haciéndome con la mano, pero también creí escuchar «ven, ven». Alcé la mano e hice el mismo gesto: adiós, adiós.

Espérame. Ahora voy.

Pasé a mi estudio y me tendí en el sofá. El fuego, alimentado por la madera y el viejo y crujiente papel, ya estaba llegando al segundo piso para llevarse esta biblioteca, los libros y el futuro de esos libros. Vi aparecer bajo la puerta pequeñas lenguas de humo, víboras de luz con algún destello violeta; escuché en la escalera y el piso de abajo una fuerte crepitación.

Pronto esta casa se confundirá con la otra casa de mi infancia y las dos serán una, me dije. Ambas un mismo fuego. Tal vez así pueda al fin entrar a ese lugar donde mis papás me esperan con su abrazo, para fundirnos los tres en él.

Esta imagen, cálida, me arrancó algunas lágrimas.

Me acomodé aún más en el sofá y cerré los ojos, pero la mirada de ese niño volvió a llamarme: «Ven, ven». Incluso en forma imperiosa: «¡Ven!». Volví a la ventana pero ya no lo vi. ¿A dónde se había ido? «¡Ven, ven!», escuché de nuevo.

El humo seguía entrando con fuerza por debajo de la puerta. Pensé en esta memoria y en la desnudez y en la soledad. Escribir es un modo como cualquier otro de esperar la muerte. Mirarla a los ojos y sostener la mirada. Pero el lenguaje y lo escrito están del lado de la vida. Todo lo que amo, excepto la imagen difusa de mis padres, está de este lado. E incluso ellos, ¿quién va a recordarlos cuando mi cabeza —¡tan repleta de libros como mi casa!— se transforme en ceniza? Los muertos no recuerdan a los muertos. No pueden ser recordados por otros muertos. Ese es el verdadero final.

Toda esta biblioteca va a quemarse, pero en el fondo no es más que papel. Del lado de la muerte no hay nada, ni siquiera la idea de la muerte. Menos aún la esperanza pueril de barajar el naipe para obtener cartas mejores. Sólo hay tierra, humedad y quietud.

Sólo silencio.

«¡Ven, ven!», seguía diciendo la voz de ese niño solitario, desde algún lugar ajeno a mi visión.

Aún podría salir por la escalera del patio, así que me acerqué al balcón, bajé al antejardín y salté a la calle. Al verme volver, Marquesa movió la cola. Era una mañana radiante, sin una sola nube. Las ventanas de la casa empezaban a expeler delgados hilos de humo, pero aún nadie se acercaba a mirar.

Había poca gente por ahí, era un domingo cualquiera.

En mi bolsillo tenía las llaves del portón. Lo pensé un momento y luego las tiré a la alcantarilla. Tuve ganas de estar al lado de mi tía, pero de inmediato sentí que era inútil. El final de esa larga vida estaba ahora a mis espaldas y un inevitable futuro se alzaba ante mis ojos. Más bien un presagio que no me sentía con fuerzas de rechazar.

El calor quebró uno de los vidrios en el segundo piso y por ahí salió una espesa columna de humo. Alguien gritó desde una casa cercana. Al fin un grupo de vecinos se empezó a reunir en la calle y yo volví a dudar, pero al final decidí alejarme. Ya no se oían los gritos del niño, no estaba en la ventana. ¿A dónde se habrá ido? Me alcé de hombros, agarré la correa de la perrita y caminé por uno de los senderos del parque.

Atrás quedó el fuego, mi casa en llamas.

Marquesa se pegó a mi pierna dando saltos alegres. Cruzamos el parque en diagonal y fuimos hasta la calle 59 para bajar caminando a la séptima.

Eran las 7:21 a.m. en Bogotá.

«Para viajar lejos no hay mejor nave que un libro.»
EMILY DICKINSON

Gracias por tu lectura de este libro.

En **Penguinlibros.club** encontrarás las mejores
recomendaciones de lectura.

Únete a nuestra comunidad y viaja con nosotros.

Penguinlibros.club